태엽 감는
수동식 손목시계는
기억한다

태엽 감는 수동식 손목시계는 기억한다

박 외 에세이

도서출판 가온미디어

글쓴이 말

스위스 루체른 호수에서 푸른 향기가 피어오르는 것을 봤다.

법성포 밤하늘에서 마라난타의 별 향기가 내려앉는 것을 봤다.

향기 나는 글을 쓰고 싶었다.

이 책이 많은 사람에게 잔잔한 향기와 감동과 여운을 안겨주었으면 한다.

2022년 가을

박 외

| Contents |

3 태엽 감는 수동식 손목시계와 별 향기

4 분리 불안과 조용한 바람

5 10월의 공원과 실개천

1

내가 갈구하는 것과 석종

내가 갈구하는 것은
한옥마을 순례자
백제의 혼 고란초
석종

내가 갈구하는 것은

다섯 살배기 딸아이는 매일 엄마 냄새를 맡는다.

"엄마, 냄새 맡게 빨리 와."

엄마가 설거지를 하고 있거나 청소 하고 있어도 다섯 살배기 딸아이는 막무가내로 칭얼대며 엄마 품에 안긴다. 낮잠을 자고 싶어도 엄마를 보듬고, 장난감을 갖고 놀다가도 엄마 냄새 맡자며 엉켜든다.

어떤 꼬마들이나 제 엄마한테 매달리거나 엉켜드는 것은 마찬가지겠지만, 엄마 냄새를 맡자면서 칭얼대는 딸아이를 보고 있으면 항상 엄마 냄새를 갈구하고 있는 것 같다.

꼬마에게 묻는다.

" 엄마 냄새가 어떻게 나냐?"

"……."

대답을 하지 못한다.

무어라 꼭 꼬집어 설명하기가 어려운 모양이다.

"엄마 냄새가 다냐?"

"응."

"엄마 냄새가 좋냐?"

"응."

엄마 냄새는 달게도 느껴지지만 분명 무조건 좋기만 한 냄새일 것이다. 그 좋은 엄마 냄새를 딸아이는 매일 맡지 않을 수 없다.

우리도 경험해서 잘 알고 있다. 엄마 품은 포근하고 꿈속이었다는 것과 엄마의 진한 냄새가 인간의 가장 근원적인 냄새라는 것을 알고 있다.

항상 변치 않는 이런 인간의 근원적인 냄새, 엄마의 냄새를 잃고 아이들이 커 가면 성장이 바를 리 없고, 다 성장한 성인 역시 엄마 냄새 같은 냄새를 가지고 있지 않거나 닮지 못하며 산다면 그것은 바로 삶 자체의 의미까지 잃을 것이다.

우리 주변엔 항상 변함없는 엄마 냄새 같은 근원적인 인간의 냄새를 지닌 사람들이 많아야 한다. 그래야 세상은 엄마 품처럼 늘 포근할 것이다.

사람들은 제각기 냄새를 갖고 있다. 인종의 차이에 따른 서로 다른 신체적인 냄새도 있겠으나, 그 사람의 모든 것이 용해되어 밖으로 발산되는 분위기 같은 냄새를 제각기 지니고 있다.

내가 몇 개 키우고 있는 분盆에 담긴 사철나무, 가시 선인장, 시누대, 란蘭등에서 각기 다른 향을 맡을 수 있듯이 우리는 여러 사람에게서 서로 다른 냄새를 맡을 수 있다.

변치 않는 젊음의 기백을 지닌 사람, 가시처럼 날카로운 고집을 가진 사람, 항상 흐느적거리면서도 심지가 곧은 사람, 청초한 선비의 기품이 은은히 배어나는 사람을 우리는 만날 수 있다.

사람이 지니고 있는 냄새는 그 사람의 사고의 가치나 질, 그 범위, 그가 처해 있는 상황, 무엇을 추구하고 있는가가 포괄적으로 용해되어 나타난다. 물론 철학, 종교, 예술 모든 것이 포함되어 배어난다.

엄마처럼 넘지도 부족하지도 않은 사람에게서는 진한 변치 않는 인간의 냄새가 난다. 모든 사람한테서 엄마 냄새를 닮은 인간의 냄새를 우리가 맡을 수 있다면 얼마나 행복하겠는가.

그러나 대개의 사람들은 쉽게도 어쩌면 의식적으로까지 조금만 남보다 나으면 있는 냄새를, 조금만 지위가 높으면 그 지위 냄새를 풍긴다.

사람의 냄새는 자신이 의식적으로 풍기려 한다고

해서 풍겨지는 것은 아니다. 삶 자체에서 가치 있는 것들이 용해되어 넘쳐날 때 바로 진정한 그 사람의 냄새가 풍겨진다.

나는 지난해 문우들과 함께 선운사에 갔다가 옮겨온 산란山蘭 한 포기를 화분도 아닌 조그마한 단지에 심어두고 늘 가까이하면서 정성 들여 키우고 있다.

산란을 대하고 있으면 산간에서 홀로 눈비를 견디며, 신비한 산안개, 맑은 이슬, 찬 서리, 신선한 바람, 깨끗한 물기로 청정을 가꾸어 도저히 잡스러움을 찾아볼 수 없는 고결한 기품이 은은히 배어 흐르는 것을 알 수 있다.

맑고 깨끗한 산 기운이 서린 산란을 서재에 놔두면 방안 가득 신선한 바람이 채워진다.

담백한 작설차라도 끓이며 손에 책을 들면 선비가 된 기분이다.

족히, 산란의 고고한 품격과 은은한 향기가 세태에 찌든 나를 새롭게 전환시켜 준다.

한 포기의 산란이 우리 생활 속에 함께 자리할 때, 새로운 자세를 가다듬게 하는데 하물며 냄새 좋은 사람이 주변에 머문다면 얼마나 좋고 행복한 일이겠는가. 사람들이 진실하고 퇴색하지 않는 인간의 진한 냄새를 지니고 있을 때, 우리 세상은 한결 살맛 나는 세상이 될 것이다.

나는 내 주위에 냄새 좋은 사람들이 많기 바란다. 엄마를 닮은 냄새를 지닌 사람, 산란의 품격을 닮은 사람이 많기 바란다.

조금만 남보다 나으면 있는 냄새를, 지위가 좀 있으면 그런 냄새를 풍기는 사람은 싫다.

설익어 아집에만 사로잡힌 사람도 싫다. 많은 것을 소유하고 그것들이 포괄적으로 용해되어 자연스럽게 넘쳐나는 무언가 엄마 냄새처럼 꼭 꼬집어 단정하기는 어렵지만, 분위기 좋은 사람이 많았으면 한다.

이제, 나 자신도 좀 가치 있고 질적인 삶을 가꾸어 나가면서 내게 잡스러움이 내려앉지 못하도록 갈고 닦아 냄새 좋은 사람이 되도록 해야겠다.

한 포기의 산란을 사랑하고 아끼면서 그 품격과 고고한 기품을 부지런히 닮아야겠다. 티 없이 순진한 다섯 살배기 딸아이가 좋아하는 엄마 냄새 같은 항상 변치 않는 진한 인간의 냄새를 늘 지녀야겠다.

나는 오늘도 매일 엄마 냄새를 맡는 다섯 살배기 딸아이에게 묻는다.

"엄마 냄새가 어떻게 나냐?"
"……."

"다냐?"
"응."

"엄마 냄새가 좋냐?"

"응."

무언가 꼭 꼬집어 한정하기 어려운 엄마 냄새 같은 근원적인 인간의 냄새를 나는 사람들 속에서 항상 갈구한다.

한옥마을 순례자

전주 한옥마을은 한 해 천만 명이 다녀간다. 옷 방, 먹 방, 잘 방이 잘 갖추어져 있다.

많은 사람이 한복을 빌려 입고 이곳저곳 돌아다니며 멋진 사진을 찍는다. 핑거 푸드를 즐긴다. 하루쯤 머물기 좋은 곳이다.

세계적 여행안내서 론리플니닛에는 1년 안에 꼭 가봐야 할 아시아 명소 3위에 전주 한옥마을이 올라 있다. 전주 한옥마을은 미슐랭가이드 별점 관광지다.

한옥마을은 사람들이 넘쳐난다. 항상 시끄럽다. 이런 한옥마을에서 어떤 가치와 의미를 찾을 수 있을까?

나는 한옥마을에 나가면 먼저 오목대에 오른다. 고려말 이성계가 운봉 황산에서 출몰하는 왜구를 물리치고 개경으로 올라가면서 잔치를 연 곳이다.

오목대는 야트막한 산이다. 아니 언덕이다. 해발 100m 정도 된다. 오목대에 오르면 한옥마을이 한눈에 다 내려다보인다. 고풍스러운 한옥마을 풍경은 마음을 편안하게 해준다.

오목대는 일단 조용해서 좋다. 숲속으로 나 있는 오솔길을 걷는다. 나무 아래 벤치에 앉아 멍때리기 한다.

오목대에서 향교 쪽 골목으로 내려서면 길바닥에 땅따먹기, 비석 치기, 사방치기, 오징어 놀이 그림이 그려져 있다.

골목에 서 있는 표지판은 어떻게 전통놀이를 하는지 알려준다. 어린 시절 향수에 젖어 전통놀이에 한참 빠져 놀다 골목을 조금 벗어나면 양사재가 있다.

양사재는 전주향교 부속건물이었다. 한때는 전주국민학교 건물이었다. 양사재에는 가람 다실이 있다. 가람 이병기 선생이 머물면서 시조를 지었던 곳이다.

양사재에서 골목길을 돌아 나가면 전주향교가 나타난다. 수령 삼백 년이 넘는 은행나무들이 많다. 은행나무는 독특한 향을 가지고 있어 벌레가 생기지 않고 모여들지 않는다.

공자는 행단杏壇, 은행나무 아래에 단壇을 놓고 제자들을 가르쳤다. 그런 연유로 대성전에 공자를 모시고 있는 향교에는 은행나무가 많다.

향교는 조선시대 지방 교육기관이었다. 책 읽는 소리가 떠나지 않는 곳, 교당낙수校堂落水, 전주향교는 빗소리 들리고 책 읽는 소리 들리던 곳이었다.

전주 향교는 가을에는 은행나무들이 온통 노란 잎을 떨구어 수북이 쌓아 놓는다. 여름에는 은행잎들이 짙푸르게 무성하다.

드라마 촬영장소로도 유명한 곳이다. "성균관 스캔들" "구르미 그린 달빛" 같은 드라마가 촬영되었다.

전주천을 따라 청년몰과 야시장으로 유명한 남부시장 쪽으로 내려가면 남천교가 나타난다. 남천교에는 청연루가 있다. 남천교 한편을 차지하고 있다.

옛날 임실 슬치에서 푸른 물줄기가 상관계곡을 흘러 한옥마을 한벽당 절벽에 부딪히면서 푸른 구슬 같은 물안개를 피워 올렸는데, 그것을 한벽청연寒碧晴煙이라 했다.

지금은 그 청연을 볼 수 없다. 그 청연에서 이름을 따온 청연루가 남천교에 있다. 청연루에 앉으면 멀리 산수가 아름답게 펼쳐진다.

나는 고등학교 1학년 때 잠시 오목대 밑에서 살았다. 지금도 기억하지만, 어느 날 새벽, 잠이 오지 않아 밖으로 나가 신선한 공기를 맡으면서 남천교까지 걸었다.

남천교 밑을 흐르는 전주천 물소리가 무너지는 것처럼 크게 들렸다.

아주 놀랐다. 50년 전 일이다. 사위가 고요한 새벽, 전주천 물소리는 아주 크고 우렁찼다. 요새도 새벽에 나가면 그런 물소리를 들을 수 있을까?

현대를 사는 우리는 너무도 많은 시끄러운 소리에 둘러싸여 있다. 한옥마을도 마찬가지다. 너무 소란스럽다. 많은 사람이 돌아다닌다. 찬찬히 돌아다니면서 가치를 찾고 의미를 찾아보기 힘들다.

한옥마을은 나름대로 특색 있고 향기가 있어야 한다.

28년 전 이탈리아 피렌체를 여행한 적이 있다. 피렌체는 프로렌스라고 하며 피오렌자, 꽃이라는 의미를 가지고 있다.

요새 전주는 꽃심을 전주 정신으로 내세운다.

소설가 최명희가 혼불에서 전주를 "꽃심을 지닌 땅"꽃심 하나 깊은 자리 심어 놓은 땅, 꽃의 심, 꽃의 힘, 꽃마음이라고 한데서 가져왔다.

전주정신 꽃심은 "옴파로스"-배꼽, 세계의 중심이라는 의미이기도 하고, 어떤 시련도 내면의 힘으로 견디어 이겨 내는 용기와 패배를 모르는 정신이라고 한다.

꽃심이 제대로 힘을 발휘하기 위해서는 작은 꽃술과 꽃잎들이 받쳐 주어야 한다. 꽃의 한가운데 있는 꽃심은 주변이 받쳐 주어야 힘을 낼 수 있다. 전주 한옥마을도 마찬가지다.

나는 6백 년 넘은 은행나무를 만나려 간다. 6백 년

이 넘은 은행나무는 한옥마을에서 아주 유명하다.

조선 개국 공신 최 담이 귀향하여 학당을 세우고, 제자들을 가르치면서 벌레가 생기지 않고 모여들지 않는 은행나무처럼 부정에 물들지 말라는 뜻에서 학당 뜰에 은행나무를 심었다. 그 은행나무가 600년을 넘었다. 그 오래된 은행나무 때문에 한옥마을엔 은행로가 생겼다.

6백 년이 넘은 은행나무를 만나려 가는 길에 전동성당과 경기전을 들른다. 최명희 문학관도 들른다.

전동성당은 조선시대 최초의 천주교도 순교 터다. 정조 15년(1791년, 신해 박해) 조상제사를 천주교식으로 지냈다고 윤지충, 권상연을 처형한 순교 터다.

경기전은 조선왕조를 세운 태조 이성계의 영정을 봉안하기 위해 창건한 곳이다. 현재는 경기전 안에 새로 지은 어진박물관에 이성계의 어진(국보 제317호)이 봉안되어 있다.

경기전 안에는 실록각實錄閣이 있다. 조선왕조실록을 보존한 곳이다. 임진왜란 때 춘추관, 성주사고, 충주사고 실록은 다 소실되었지만 전주사고 실록만 보존되었다. 미리 대피시켜 놓아서 화를 면했다. 정읍 내장산 용굴암과 비래암으로 실록을 옮겨 소실을 막았다.

최명희 문학관에서는 혼불의 작가 최명희가 얼마나 아름다운 우리말을 발굴해 작품을 쓰기 위해 피나는 노력을 했는지를 알 수 있다.

최명희는 작가 후기에서 원고를 쓸 때면 손가락으로 바위를 뚫어 글씨를 새기는 것 같이 온 마음을 사무치게 갈아서 손끝에 모으고, 생애를 기울여 한 마디 한 마디, 파나간다고 했다.

6백 년이 넘은 은행나무는 너무나 오랜 세월을 견뎌오면서 상처를 많이 입었다.

몸통 여러 곳이 시멘트로 때워져 있다. 그래도 기

개는 아직도 우람하다. 그 은행나무 아래서 가람 이병기 선생의 시 한 수를 읊는다.

공손수公孫樹

이 병 기

여기 한 거물巨物이 있다
갑오甲午는 물론 병자丙子 임진壬辰의 난亂을 모두 겪었다
만약 그 팔을 편다면 온 동내洞內가 그늘지고
똑바로 선다면 구름도 이마로 스쳐 가고
그저 소박素朴 장엄莊嚴 침묵沈黙 그려도 봄은 봄
가을은 가을로서 천지天地와 함께 늙지를 아니한다
내 마냥 그 앞을 지나면 절로 발을 적이고 고개도 아니
숙일 수 없다. 《가람문선》, 신구문화사, 1966.

나는 반나절 동안 나름대로 의미 있는 한옥마을 몇 군데를 돌아다녔다. 의미 있는 곳, 가치 있는 곳을 찾아다녔다. 나는 한옥마을 순례자가 되고 싶었다.

순례자는 의미 있고 가치 있는 것을 찾아다닌다. 한옥마을에 의미 있고 가치 있는 것이 많았으면 한다.

피렌체 같았으면 좋겠다. 피렌체는 사람들이 죽기 전에 꼭 한번 가봐야 할 도시로 자리매김되어 있다.

미켈란젤로가 다비드상을 조각하고, 레오나르드 다빈치가 모나리자를 그리고, 라파엘이 수태고지를, 보티첼리가 비너스의 탄생을 그린 도시. 마키아벨리가 군주론을 쓰고, 보카치오가 데카메론을 쓴 도시, 갈릴레오가 지동설을 연구하고, 브루넬스키가 두오모의 돔을 설계한 도시. 얼마나 정신적이고 예술적인 도시인가!

신곡을 쓴 단테는 피렌체가 낳은 대문호다. 그는 전쟁의 소용돌이에서 객지를 떠돌면서 신곡을 완성했다.

르네상스의 발상지, 세계문화예술의 수도 피렌체. 전주가 피렌체를 닮았으면 한다. 그것이 진정한 꽃심을 실현하는 길일 것 같다.

한옥마을에 박물관이 생기고, 미술관이 있고 도서

관이 있고, 길거리 문화가 살아날 수 있는 광장이 있으면 좋겠다.

우리는 그냥 소란한 소리에 묻혀 지내서 안 된다. 이대로는 안 된다는 무언가 무너질 것 같은 큰소리의 울림을 깨달아 의미 있는 것, 가치 있는 것을 만들어가야 한다.

의미 있고 가치 있는 곳을 찾아다니는 순례자들이 많이 찾아오는 한옥마을이 되었으면 좋겠다.

백제의 혼, 고란초

고란초로 유명한 고란사는 백마강 상류 절벽에 그림처럼 박혀있다. 울창한 부소산에 포근히 안겨 백마강을 마당 삼고 있어 사시 출렁이는 강물 소리와 숲속의 새소리, 바람 소리가 끊이지 않는다.

이 아름다운 고란사에 들어서면 한꺼번에 백제 멸망의 흔적이 다가선다.

삼천궁녀가 치마폭에 백제 멸망의 한을 안고 낙화처럼 떨어져 간 낙화암. 당나라 소정방이 낚시를 즐겼다는 치욕의 상징 정방대, 부소산 옛 궁터, 반월성,

사비성. 지금도 망국의 한을 안고 역사의 강으로 흐르고 있는 백마강, 이 모든 멸망의 상흔이 한꺼번에 가슴을 무너지게 한다.

달밤이면 더욱 한이 서린다. 쏟아지는 달빛에 일렁이는 강 자락이 휘황한 비단 자락으로 빛나고 모래밭에 현란하게 부서져도 눈감고 서면 가슴 깊이 침전하는 한이 내려앉는다.

황산벌에서 구국의 사자후를 토하던 계백장군과 이름 없이 역사 속으로 사라져간 수많은 군사의 함성이 되살아나고, 기우는 백제를 구하기 위해 의자왕에게 충정으로 간했던 충신 성충, 흥수의 모습이 떠오른다.

달빛 교교한 부소산을 나는 한 마리 밤새 울음소리가 피멍이 든 멸망의 한을 토해낸다.

무엇보다도 백제 멸망의 한을 눈물 나게 말해 주고 있는 것은 고란사 뒷마당 벼랑에 매달린 두세 포기 고란초다.

고란사의 이름을 만들어 준 유명한 고란초가 지금은 너무나 빈약하게 명맥만 남아있다. 참으로 처량하다.

의자왕이 궁녀들을 시켜 떠다가 마셨다는 약수는 지금도 샘솟고 있지만, 벼랑에 매달린 두세 포기 고란초는 너무 외롭다. 백제가 융성했던 시절 고란초는 총생叢生했을 것이다. 의자왕이 궁녀들을 시켜 고란사의 약수를 떠 오도록 하면서 교활하게 확인 수단으로 고란초 잎을 띄워 오도록 했다니 그 당시는 얼마나 고란초가 무성했겠는가.

그 총생한 고란초를 의자왕이 하나 둘 뜯어내도록 해서 백제는 멸망하고 이제는 두세 포기만 남게 되었단 말인가?

동양에 위력을 떨쳤던 백제의 혼이 이제는 두세 포기의 처량한 고란초로 벼랑에 매달려 있다.

멀리 북중국과 무역을 트고 일본에 식민지를 건설했던 백제의 융성기에는 고란초는 고란사 벼랑에서 무성했을 것이다. 고란초는 훌륭한 백제의 표상이다.

백제는 발달한 농경문화로 윤택한 생활을 누렸고 풍요한 문화와 예술의 극치를 이루었다.

왕인박사가 일본에 한자를 전래시켰다는 것은 누구나 다 안다. 아좌태자는 일본 성덕태자의 초상을 그려 주었다.

발굴된 여러 백제 고분은 세련된 백제예술의 극치를 보여주고, 출토된 불상들은 백제 조각의 진수를 보여준다.

공주 송산리, 부여 능산리 고분, 공주 무령왕릉과 고졸한 미소를 머금은 여래 좌상, 금동 보살상, 마애불, 반가상 등이 다 그렇다.

짧은 역사 지식으로 훌륭한 백제문화를 더 열거하

기는 힘들지만, 백제는 광범위한 지역에 문화예술의 영향을 심어 주었고, 극치의 예술품들을 남겼다.

백제는 온조 대왕 할아버지 때부터 윤택한 생활, 풍요로운 문화, 순후한 인심을 누려온 나라였다.

그런데 지금은 그 영광 다 어디로 가고 그 편린만 일부 박물관에 보관되어 있는가?

부소산을 거니는 관람객의 발길에 와당 조각만 채이고 백제의 한은 왜 고란초에 응축돼 서려 있는가?

그 옛날 백제가 동양에서 활개 쳤을 때 틀림없이 총생한 고란초는 늘 푸른 광택 잎 꼭지에 백제의 기상을 달고 무성했을 것이다.

지금은 꺼져가는 등불처럼 벼랑에 두세 포기만 남았으니, 혹시 역사는 흘러갔어도 남은 정신, 백제의 혼을 우리가 너무 소홀히 다루고 있기 때문에 저리 번식하지 못하는 것은 아닌가?

내가 국민학교 수학여행 때 부여에 갔을 때 고란초는 몇 포기 더 있었다. 그런데 이제 두세 포기뿐이니 마치 박물관의 희귀식물 표본을 보는 것 같다.

수백 년 역사 속으로 사람들은 다 사라져가고 분별력 없는 백제의 마지막 의자왕까지 갔어도 오직 두 세포기 고란초만은 안간힘으로 백제의 혼을 지키고 있다.

고란초는 백제가 융성했던 시절을 회상하며 고란사 벼랑을 떠나지 않고 절멸해 가는 백제 혼의 명맥을 잇기 위해 온조 대왕의 흰 수염처럼 바람에 흔들리며 매달려 있다.

나는 고란사에서 낙화암 궁녀들의 비명과 정방대의 치욕, 황산벌의 함성, 충신들의 애통해하는 모습을 떠올리면서 부소산을 나는 한 마리 밤새 울음소리에 가슴을 무너뜨린다.

석존절을 앞두고 붐비는 관람객들과 고란사에 즐

비하게 매달려 있는 관등을 바라보면서도 허전함을 가누지 못한다.

칠백 년 찬란한 백제 역사는 백마강에 잠겼다. 그 백마강에 달빛이 현란하게 쏟아지고, 고란사 스님의 목탁 소리는 처량하기만 하다.

의자왕이 궁녀들에게 심부름시켜 떠다 마셨다는 약수가 지금도 청량하기는 그지없지만, 이 백제 후예의 가슴을 탁 트이게는 하지 못한다.

나는 고란초 앞에서 탁 트이지 않는 가슴 때문에 몇 쪽박의 약수를 더 마시면서 간절하게 백제의 혼, 고란초의 영원한 번영을 기원한다.

석종

돌로 만든 종이 있다.

영원히 울리지 않는다. 울릴 수도 없다. 석종은 불가에서 어떤 의미를 가지고 있을까?

버스 차창 밖으로 여름의 무성한 가로수들이 달려간다. 산 그림자가 사진처럼 호수에 박혀있다. 가끔가 본 사찰이지만 건성으로 지나쳐 석종이 있다는 사실을 몰랐다.

석종을 직접 보면 무슨 깊은 뜻을 알아낼 수 있을까?

일주문을 들어서니 계곡 물소리가 청량하다.

몇 마리 산새 소리가 정적을 깬다. 봄철에 활짝 만개한 벚꽃 터널은 여름철 짙은 녹음으로 나무 터널을 이루고 있다. 그 터널을 지나 사찰에 발을 들여놓으니 공기가 속세와는 달리 산 내음이 난다.

산사의 넓은 경내에 정적이 감돈다. 큰 보리수나무가 오후의 햇빛을 받아 긴 그림자를 뜰에 내려놓았다.

열어젖힌 대웅전의 큰 문 사이로 스님의 염불 소리와 목탁 소리가 청아하게 흘러나온다. 감히 속세의 범인이 정숙한 분위기를 접하니 경건해진다.

사찰의 뜰을 지나 숲 사이로 좁게 나 있는 깔고 막진 돌층계를 올라서 석종 앞에 섰다. 석종은 경내의 가장 높은 곳에 앉아 있다.

3층 대웅전 지붕 위에 걸친 구름 몇 조각이 바삐 산을 넘어간다.

짐승의 연화문대蓮花文帶가 네 귀퉁이에 정교하게 조각되어 있고, 사방면석四方面石엔 주악천인상奏樂天人像과 신장상神將像이 새겨진 2층 기단基壇 위에 장중하게 자리 잡은 석종을 바라본다.

저리 세장細長한 석종은 누가 만들었을까?

어떤 불심이 강한 석수가 몇 날을 정성으로 다듬어 정중히 모셨을까?

영원히 울릴 수도 없고 울리지도 않는 석종이라 종각에 매달 필요가 없어 기단 위에 모셨을까?

사찰에는 소리 내는 것들이 많다.

범종梵鐘, 운판雲版, 법고法鼓, 목어木魚가 있다. 범종은 온 골짜기를 울려 지옥의 혼령을 위로한다. 운판은 애절하게 울어 구천을 헤매는 영혼에게 안정을 찾아준다. 법고는 둥둥 울려 축생의 고통을 덜어준다. 목어는 따닥따닥 소리 내어 어족의 고통을 감해준다.

석종은 도대체 무엇을 도멸道滅 해주는 걸까?

마침 푸른빛이 돌 정도로 머리를 짧게 깎은 젊은 승려 한 분이 올라온다.

"스님, 불가에서 석종은 무슨 깊은 뜻이 있습니까?"

"잘 모릅니다. 석종이라고 하지만 부처님 진신 사리를 모신 사리탑입니다."

젊은 스님은 나무관세음보살을 남기며 저쪽에 있는 나한전羅漢殿으로 걸음을 옮긴다. 예불하러 가는 모양이다.

석종은 경내의 가장 높은 곳에 앉아 있다.

하늘을 가까이 호흡하고 있다. 소리 대신 부처님의 진신사리를 고이 안고 천고를 침묵하고 있다. 중생을 제도하기 위해 인고와 고행으로 해탈하신 부처님의 진신사리가 저 안에 있다.

대자 대비한 미소를 머금고 열반하신 부처님의 고행이 응결된 빛나는 사리!

생로병사에 대한 끊임없는 의문과 온갖 번뇌를 물

리치고 해탈하신 부처님, 부처님 가신 지 수천 년이 지났어도 석종은 비상하는 용두를 상륜부相輪部로 이고 앉아 나같이 하찮은 중생에게 부처님의 큰 뜻을 가슴 깊이 울려준다.

석종은 온갖 소리를 흡수해서 한꺼번에 우리의 심금을 울려준다. 바람 소리, 새소리, 물소리, 종소리, 법고, 운판, 목어, 목탁, 풍경소리와 염불 소리까지를 높은 곳에 앉아서 다 흡수해 한꺼번에 우리의 심금을 울려준다.

나는 마치 온갖 번뇌를 도멸하고 성문승聲聞僧의 경지에 이른 사람처럼 석종의 기단에 앉아 끝없는 묵상에 잠긴다.

산사에 어둠이 내리기 시작한다.

석종에서 은은한 빛이 새어 나온다.

부처님의 빛이 돌 틈으로 새어 나온다. 빛, 부처님은 빛이다.

석종은 영원히 울릴 수도 울리지도 않지만 우리에게 영원히 변치 않는 부처님의 빛을 전해주며 장중히 앉아있다.

2

늙은 아파트와 노을 전시관

노을 전시관

백수해안도로를 달린다.

처음 가보는 길이다. 한쪽은 산, 한쪽은 넓은 바다. 길가에 해당화가 피었다.

구불구불 바닷가를 감돌아 달리는 드라이브 코스, 길가에 큰 오동나무들이 서 있다. 작은 꽃들이 피어 있다. 자귀나무의 빨간 꽃들이 바닷바람에 흔들린다. 해당화는 가도 가도 끝이 없다. 산과 바다가 어우러진 길. 여름의 짙은 녹음을 이고 있는 나무들이 무성하다.

고창 선운산 호텔에서 공무원 특강 마치고 근방에 가볼 만한 곳을 물어 백수해안도로에 왔다. 한 시간쯤 들판을 지나 산을 끼고 모퉁이를 돌아서니 확 트인 바다가 나타났다.

백수해안도로를 천천히 달리면서 주변 풍경에 감탄한다. 백수해안도로 중간쯤 차를 세우고, 바닷가 경사진 언덕을 따라 길게 이어진 데크를 걷는다.

바닷바람이 시원하게 불어온다. 언덕에 서 있는 자귀나무의 빨간 빗살 꽃이 푸른 바다와 대조를 이루어 더욱 빛난다.

옛날에는 조기가 아주 많이 잡혔다는 영광의 칠산 앞바다 백수해안도로를 한참 달려가다 노을 전시관을 만났다. 노을을 전시하는 노을 전시관 참 특이하다. 노을 전시관이 있는지 몰랐다.

노을을 어떻게 전시해 놨을까 궁금했으나 마침 월요일 휴관이라 전시관에 들어가지 못했다.

오후 3시쯤 고창 선운산에서 출발하여, 한 시간도 안 되어 백수해안도로에 들어섰고, 드라이브와 산책을 한 시간 정도했다.

그리고 바다에 내려앉는 저녁노을을 보려고 했지만 여름날 해 질 녘까지는 너무 많이 기다려야 해서 발길을 돌렸다.

언제 한번 차분히 다시 와서 노을 전시관에 들르고 바다에 내려앉는 저녁 노을도 봐야겠다.

가을에 시간을 냈다.
한국의 아름다운 도로 우수상, 대한민국 자연경관 최우수상, 환상의 국도 드라이브 코스 베스트 10에 들어가는 길. 백수해안도로에 다시 왔다. 가을의 백수해안도로는 조금은 황량하다. 해당화는 꽃이 다지고 열매만 맺혀 있다. 나무들은 단풍 들어 낙엽을 떨구고 있다.

그래도 노을 전시관에 들르고, 칠산 앞바다에 내

려앉는 저녁노을을 보기 위해 왔으니 의미 있는 나들이다.

아! 어떻게 노을 전시관을 만들 생각을 했을까? 아이디어가 참 좋다.

노을은 빛의 산란에 의해 생기고 아침노을은 해뜨기 직전 동쪽 지평선을 붉게 물들이면서 해가 떠오르는 장관을 보여주지만, 태양 빛으로 금방 사라진다.

저녁노을은 해가 질 때 서쪽 하늘에 나타난다. 해가 지는 동안 노을이 시시각각 변하면서 하늘을 물들인다. 아침노을에 비해 오래 지속된다.

노을 전시관에 들어서자마자 노을은 빛의 산란으로 생기고 아침노을과 저녁노을이 다르다는 설명이 눈에 띈다.

노을 생성 과정을 과학적으로 설명해주는 체험관이 있다. 빛의 산란과정을 볼 수 있다. 원래 과학에 대해 지식이 부족하고 관심도 덜한 나는 빛의 산란체험관은 건성으로 보고 세계의 노을관에서 세계의 노을 사진과 영상을 봤다.

이집트 피라미드의 노을, 파란색을 드리운 노을이 신비스럽다. 케냐 아프리카 초원의 불타는 저녁노을에 서 있는 나무들, 이탈리아 산토리니의 짙은 붉은 노을 속에 하얀 주택들이 빨갛게 물들어 있는 모습이 장관이다.

에펠탑의 저녁노을은 천연색이다. 에펠탑 자체의 색조를 띤 조명과 붉은 저녁노을과 약간의 파란 하늘색이 섞여 천연색을 이루고 있다.

에펠탑의 저녁노을이 반가웠다. 이집트 피라미드, 케냐의 아프리카 초원, 이탈리아 산토리니는 가보지 못했으나 에펠탑은 가본 곳이어서 반가웠다.

파리를 여행할 때 에펠탑 부근 호텔에서 머문 적이 있다. 곤히 자다가 한밤중에 창문이 환하게 빛나서 일어나 바라봤더니 달빛 속에 에펠탑이 창문에 박혀 있었다. 한 장의 아름다운 사진이었다. 그 사진은 지금도 내 마음속에 박혀있다.

오늘 청명한 가을 하늘에서 바다로 잠기는 저녁노을도 아주 멋진 한 장의 사진이 될 것이다.

노을 전시관에서 내가 관심 있게 살펴본 곳은 노을과 예술관이다. 노을을 다룬 책들이 진열되어 있었다.

《노을의 집》, 《노을은 다시 뜬다.》, 《노을빛 흐르는 강여울에 서서》, 《노을 진 만남》 같은 책이 진열되어 있었다. 나도 노을을 다룬 괜찮은 작품하나 써 볼까?

노을 전시관은 입장 시간이 일몰 후 30분까지다. 노을 전시물을 보고. 이층 노을 전망대에서 바다로 내려앉는 저녁노을을 망원경으로 볼 수 있다.

아니면 일 층 커피집 테라스로 내려와서 벤치에 앉

아 커피를 마시면서 노을을 감상할 수 있다.

노을 전시관 둘레 노을 길을 걸으면서 저녁노을을 봐도 된다. 조금 더 바다 가까이 등대가 있는 곳으로 내려가서 저녁노을을 볼 수도 있다.

나는 이런 노을 뷰포인트(view point)를 선택하지 않았다. 노을 전시관에서 나와서 걸었다. 해 질 녘까지 한참을 기다려 망원경으로 저녁노을을 보는 것보다 눈으로 직접 보고 싶었다. 기계를 통해서 보는 것보다 내 눈으로 직접 보고 싶었다.

노을 전시관 위쪽에 있는 해수온천랜드를 지나 조금 더 걷다가 바다 쪽으로 들어섰다. 한적 한 곳에 오래된 나무로 만든 전망대 하나가 서 있다. 그리 크지도 않고 높지도 않다. 네 개의 나무 기둥이 받치고 있는 사각형의 상판 위에 올랐다. 사람이 하나도 없다.

태양이 바다로 내려앉으면서 하늘에 그림을 그리기 시작한다. 하늘 캔버스에 3층으로 색칠한다.

제일 아래층은 빨간색, 다음 층은 붉은색과 노란색이 섞인 색깔, 그 위에 아직 다 색칠하지 않은 일부 하늘의 푸른색이 남아있다.

태양이 바다로 잠기면서 아주 빨간 물감을 쏟아붓는다. 빨간 물감을 넓은 바다에 다 쏟아붓지 못해 남은 바다는 파란색 줄기로 남아있다. 빨간 바탕에 약간의 파란 스트라이프가 있는 천을 만들어 놨다.

백수해안도로 칠산 앞바다에 잠기는 저녁노을이 황홀하다.

칠산 앞바다야말로 정말 살아있는 노을 전시관이다. 시시각각 변하는 저녁노을이 장관이다.

할머니 생각

나는 감을 참 좋아한다.

해마다 내장산 단풍이 절정에 이를 때면 아내와 함께 새벽에 출발해서 내장산 단풍 구경하고, 산 넘어 백양사로 가서 그곳 단풍도 구경한다.

그리고 근방의 산골에서 생산된 대봉감이 다 모여드는 백양사 아래 대봉감 도매장터에서 대봉감을 사 온다.

지금은 늦가을, 감을 파는 곳이 많다. 로터리에 감을 담은 상자를 내놓고 파는 아저씨, 아파트 입구에 앉아서 홍시를 파는 할머니, 홍시 열 개를 상자에 담아 놓고 앉아서 할머니가 사람이 지나갈 때마다 힘없고 작은 목소리로 10개에 5천 원, 5천 원이라고 한다.

인근의 시골에서 버스 타고 와서 홍시를 파는 것 같다. 할머니는 입성도 부실하게 입고 앉아서 쌀쌀한 가을바람을 맞고 있다.

저 홍시를 내가 사줄까?

산책 나오면서 지갑을 가지고 나오지 않았다. 언제 저 홍시를 다 팔고 집으로 갈지 걱정이다.

홍시를 팔면 저 할머니는 그 돈을 손주에게 용돈으로 전부 주거나 아니면 알사탕 몇 개 사서 함께 쥐여 줄 것이다. 어렸을 때, 내 할머니는 장에 갔다 오면 항상 큰손주인 나에게 알사탕을 쥐여 주었다.

할머니가 손수건에 싸서 가지고 온 알사탕, 그 맛을 지금도 잊을 수 없다. 할머니의 사랑은 그런 알사탕 맛이었다. 저 할머니도 알사탕 맛, 사랑을 손주에게 안겨 주기 위해 홍시 팔러 나온 것일까?

아파트 입구에 앉아서 홍시를 파는 할머니를 걱정하면서 공원으로 산책하러 간다. 쌀쌀한 오후, 아파트 숲에 둘러싸여 있는 작은 공원 안의 연 방죽에는 잎이 다 말라 버린 연들이 무거운 연밥을 머리에 이고 고개 숙이고 있다.

계절은 쌀쌀한 날씨로 변해 간다. 자연은 그 속에서 결실을 맺는다. 공원 모퉁이의 한 그루 감나무가 주홍빛 감을 주렁주렁 달고 있다.

시골집에서 감이 익어갈 때, 홍시를 따 먹기 위해 몇 그루 안 되는 감나무 아래에 장대에 망태를 매달아 놔두고 수시로 홍시를 따먹던 추억이 생각난다. 홍시 따기 힘들어하는 나를 할머니가 직접 따주기도 했다. 할머니는 유독 큰손주를 아꼈다.

"너는 크게 될 사람이야, 너 태어날 때 앞산에서 선

비가 큰 갓 쓰고 내려왔다. 너는 틀림없이 관록을 먹을 것이다."

할머니는 큰손주에 대한 태몽 때문에 큰손주의 미래를 믿었다. 큰손주가 잘되도록 할머니는 항상 천금같이 아꼈다.

할머니는 참 정갈하셨다. 아침 일찍 일어나 세수를 깨끗이 하고 머리를 곱게 빗었다. 마치 오늘 하루도 빈틈없이 살겠다는 모습이었다.

아침마다 장독대에 나가서 정화수를 떠 놓고 빌었다. 우리 식구 모두 무탈하고 큰손주 잘되라고 빌었다.

그런 할머니가 내가 군대에 있을 때 돌아가셨다. 휴가 가서 편찮은 할머니를 보고 복귀한 지 딱 일주일 만에 할머니가 돌아가셨다.

할머니는 보고 싶은 큰손주를 보았으니 마음 놓고 떠나셨는지 모른다.

나는 할머니 임종도 못보고 장례식에도 가지 못했다. 휴가다녀온지 일주일뿐이 안되었는데 또 휴가가려고 할머니 사망이라고 가짜 전보를 시골집에서 보낸 것으로 부대는 생각했던 모양이다.

다시 휴가를 보내주지 않았다. 정말 옛날 군대에서는 그런 일이 있었다. 허망하게 할머니와 헤어졌다.

그때가 늦가을, 주홍빛 감이 주렁주렁 익어갈 때였다. 그래서 감을 보면 할머니에 대한 애절함이 떠오른다.

공원을 산책하고 집으로 돌아오면서 갈 때와는 다른 길로 오는데, 로터리 둘레에 과일 상 아저씨가 감을 진열해 놓고 판다.

한 상자에 7천 원, 한 상자에 만원이라고 써놓고 판다. 대봉감을 그렇게 판다. 물론 한 상자 가득 담겨있지는 않았지만, 아파트 입구에 앉아서 홍시를 팔고 있는 할머니의 열 개의 홍시보다는 훨씬 숫자가 많다.

그 할머니는 홍시를 다 팔았을까? 걱정이 더 된다.

지금 내장산 단풍이 절정이다. 올해도 아내와 함께 단풍 구경하고 대봉감도 사 와야겠다. 그런 생각을 하면서 산책을 마치고 집에 들어와 있는데, 아내한테서 전화가 온다. 밑으로 짐 끄는 거 가지고 내려오라고 한다.

아내가 대봉감을 두 상자 싣고 왔다. 아내가 나가는 도예공방이 있는 마을 감 농장에서 싸게 팔아서 사 왔다고 한다.

아내와 함께 베란다에 신문지 깔고 대봉감을 줄 맞추어서 잘 정리했다.

이제 시간이 지나면 홍시로 익어 갈 것이다. 그러면 하나둘 가져다 먹으면 된다.

이 가을 감을 보니 자꾸 할머니 생각이 난다.

잊지 못할 할머니 사랑이 너무 그립다. 할머니는 항상 보석처럼 빛나는 별로 내 가슴속에 살아 계신다.

청순한 생기

새봄에 나무는 가지에 청순한 새싹을 매달아 희망을 노래한다.

이 가을 이른 아침, 아파트 베란다 창문을 연다. 아파트 울타리에 빨간 단풍나무 한그루가 서 있다. 밤새 이슬 머금어 아주 선명하게 빛난다.

이슬 머금은 단풍에서는 생기마저 느껴진다. 청순한 새싹이 세월이 흘러 단풍이 되었기 때문에 생기가 남아 있는 것일까?

어느 가을날 석양, 나는 공원을 걸었다. 키 큰 나무들이 갈색 이파리를 떨구었다. 바람은 큰 나무들이 떨군 갈색 이파리들을 쓸고 갔다.

몇 년 전 가을, 백수해안도로에 갔다. 바닷가 목조 전망대에 올라 바다로 잠기는 아름다운 저녁노을을 봤다.

이 가을 단풍이 물들고 있다.

저 고운 단풍은 머지않아 나뭇가지에서 나동그라질 것이다. 봄에는 나뭇가지에 청순한 어린 새싹을 달아 많은 사람에게 희망을 노래하게 하고, 여름에는 무성한 잎으로 짐승이나 잡초, 벌레들에게 그늘의 혜택을 주었다.

그런데 가을에는 푸르고 무성한 시절 다 보내고 곧 가지에서 나동그라지기 전 온몸을 빨갛게 불태우고 있다.

단풍은 가을을 지키다 낙엽으로 골짜기에 떨어져

여름날 자신이 그늘의 혜택을 베풀었던 짐승에게 짓밟히거나 벌레들에게 물어 뜯길 것이다. 추운 겨울에는 폭설에 갇혀 몸을 썩혀야 한다. 누가 이렇게 쇠락하고 싶었겠는가?

항상 푸르고 싱싱하고 무성한 시절을 영원히 향유하고 싶지 않았겠는가?

세상은 마음먹은 대로 되지 않는다.

자연의 섭리가 그렇다. 영원하려고 발버둥쳐도 그것은 찰나에 지나지 않는다. 무성했던 한때는 훗날에는 무상하기만 하다. 가는 세월은 쇠락과 소멸을 가져다준다.

그래도 젊은 날, 푸르고 싱싱할 때는 마음껏 푸르러야 한다. 가지에서 나동그라진 낙엽도 춥고 긴 겨울 자기 몸을 썩히며 견뎌내면 다시 따뜻한 봄에 나뭇가지에 청순한 새싹을 달 수 있다.

모든 것은 순환한다.

칠산 앞바다에서 서쪽 하늘을 빨간 단풍색으로 물들이면서 바다로 잠겼던 태양 역시, 다음 날 다시 떠오르면서 순환하지 않았던가?

오늘 아침, 아파트 베란다 창문을 열고 밤새 이슬 머금어 선명하게 빛나는 빨간 단풍나무 한그루를 바라본다.

저 단풍나무가 달고 있는 빨간 잎 새는 그리 오래가지 않을 것이다. 그래도 이슬 머금어 선명하게 빛나는 단풍은 청순한 새싹이 세월이 흘러 단풍이 되었기 때문에 조금의 생기가 남아있는 것 같다.

이 가을, 가는 세월이 너무 쓸쓸하다.
키 큰 나무가 떨군 갈색 이파리들을 쓸고 갔던 공원의 스산한 바람, 칠산 앞바다를 빨갛게 물들이면서 바다에 잠겼던 저녁노을, 낙엽으로 쇠락해 가는 단풍이 다 쓸쓸하다.

가는 세월은 모든 것을 순환하게 만든다.

나무는 따뜻한 봄에는 나뭇가지에 청순한 새싹을 달아 우리에게 희망을 안겨줄 것이다. 내년 봄 나뭇가지에 필 청순한 새싹을 기다리자.

이 가을 너무 쓸쓸해 하지말자. 내년 봄 나뭇가지에서 피어날 청순한 생기와 연결을 꿈꾸자.

엷은 안개

이른 아침 잠들었던 호수가 수면 위로 엷은 안개를 피우면서 서서히 눈 뜬다. 산사 돌계단에 앉아 눈뜨는 산 아래 호수를 내려다본다. 수면에 엷게 피어오르는 안개가 호수에 생명을 불어넣는다.

해 질 녘 석양의 포구에서 바다를 살금살금 건너와 물 빠진 갯벌에 드러난 작은 목선 위로 기어오르든 안개를 본 적이 있다.

지난해 여름 제주도 여행에서 한라산이 무릎만 내비친 채 좀처럼 정복의 틈을 주지 않으며 신비한 안개로 감싸여 있는 모습을 보았다.

오늘 아침 나는 산사도 포구도 산자락도 아닌 많은 사람이 붐비는 도시에서 아파트 창문을 열고 온통 세상을 삼켜버린 짙은 안개를 바라본다.

아무것도 보이지 않는다. 사물의 형체, 사람들의 모습이 잘 보이지 않는다. 한꺼번에 세상의 모든 것과 단절된 느낌이다.

농무 가득하다.
들끓는 우리들의 삶의 장場, 도시가 한꺼번에 이렇게 안개로 함락당하다니.

사람들은 짙은 안개에 묻혀버린 세상에서 무엇인가를 찾기 위해 안개 속에서 발버둥친다. 사물의 형체와 인간의 모습, 우리들이 살아가는 일상이 보이지 않으면 외롭기 때문이다. 그러나 명료히 드러나는 것들은 자주 우리를 실망케 한다. 짙은 안개는 세상과 단절을 가져다주지만 안개가 걷히고 나면 신비는 사라진다.

우리는 너무 많은 것들과 연관 지으려고 덤벙거린다. 차라리 조금은 외로운 것이 더 진실일 수 있는데, 항상 맑게 보이는 세상을 기대한다.

조금은 가려져 있는 세상이 실망을 안겨주지 않는다. 오늘 아침 짙은 안개가 세상을 덮고 있다. 농무 때문에 우리의 일그러진 형상과 지저분한 것들과 만나지 않아도 된다.

장막 뒤에 숨은 세상 그대로 놔두면 흉한 우리들의 모습에 익숙해지지 않아도 되고 그런 것들을 알려고 애쓰지 않아도 된다. 명확히 드러나는 것은 허탈과 실망을 안겨준다. 농무 자욱한 이 아침은 마치 태초의 모습 같다. 장엄하기까지 하다.

안개가 걷히는 것이 두렵다. 세상의 신비가 깨져버릴 것 같다. 신선의 나라는 늘 안개가 자욱하다. 그래서 신비하다. 그곳에는 지저분한 것들이 있을 수가 없다.

우리들 세상에도 안개가 있어야 한다. 그러나 사람들은 신선과 같을 수는 없다. 그러니 짙은 안개와 더불어 지낼 수는 없다. 그렇다고 완전히 안개가 걷힌 세상이 되어서도 안 된다. 그것은 무릎 위까지 걷어 올려버린 것과 같은 통속적인 세상이 되고 말 것이다.

매력을 지니고 있으려면 어느 정도 엷은 안개가 우리 주위에 머물러 있어야 한다. 엷은 안개 속에서 서서히 드러나는 사물의 형체, 팔다리를 허우적거리는 것 같은 사람들의 모습은 참으로 신비할 것이다.

늘 적당한 안개와 더불어 사는 삶이 신비감을 잃지 않으면서 살아가는 삶일 것이다.

나는 오늘 아침 온통 세상을 삼켜버린 짙은 안개를 바라보면서 내 주위에서 모든 안개가 확 떠나지 않기를 바란다. 늘 세상의 모든 것들이 엷은 안개에 싸여 은근한 매력을 지녔으면 한다.

천 년을 신비에 감싸였던 백제의 무령왕릉을 보고

유성으로 돌아오면서 구부러진 산허리 아래 마을에 석양의 안개가 싸여있는 것을 보고 나는 한없는 정감을 느꼈다.

역사도 안개에 감싸였을 때 우리는 거기서 신비를 캐낼 수 있다. 완전히 드러난 것, 그런 것은 매력을 덜 할 것이다.

항상 드러날 듯 드러나지 않는 엷은 안개에 싸인 것, 그런 삶이 매력 있는 삶일 것이다.

늙은 아파트

늙은이 얼굴과 손등에는 검버섯이 내려앉는다. 늙은 아파트도 마찬가지다. 얼룩진 곳이 많다. 고장 난 곳이 많다.

방문 손잡이나 방 문지방 화장실 문지방에 얼룩이 잘 진다. 싱크대 개수구 플라스틱 덮개는 노랗게 변한다. 싱크대 수도꼭지도 시원찮다. 세면대 수도연결 호스도 낡고, 샤워 줄도 낡았다.

출입문 고정 장치는 말을 잘 듣지 않는다.

여기저기 아프다.

얼룩을 닦아주고 시장통 철물점을 헤매서 새 부품을 사다가 바꾸어 주어야 한다.

약국에서 연고나 소독약을 사다가 상처에 발라주듯이 보살펴 주어야 한다.

가끔 주방 가스레인지 후드 필터에 낀 먼지나 창틀에 낀 먼지를 닦아주고, 오래된 세면대 가장자리에 가끔 내려앉는 곰팡이도 닦아내야 한다.

어느 날, 낮잠 자고 일어나면서 천장 모서리에 물자국이 길게 얼룩져 있는 것을 봤다. 깜짝 놀랐다. 후다닥 다른 방 천장도 살펴봤다. 마찬가지다. 바로 관리소에 전화했다. 관리소 아저씨가 와서 이방저방 둘러보고는 아파트가 오래되어 윗집 바닥 난방 배관 이음새가 터진 것 같다고 한다.

며칠 전에 공사하는 소리가 시끄럽게 들리더니 윗집에서 난방 배관을 바꾸다가 일을 낸 모양이다.

이제 윗집에 고쳐달라고 해야 한다. 어떻게 나올지 걱정이다. 아내한테 한번 올라가 보라고 했다. 오후 외출에서 돌아온 아내가 마침 엘리베이터에서 윗집 아저씨를 만나 고쳐달라고 했다고 한다.

다음날 윗집 부부가 수리기사와 함께 왔다. 큰 방 작은 방 천장을 살펴보고 물먹은 석고를 교체하고 도배도 해주겠다고 했다.

이틀 후 기사가 다시 와서 천장을 깨끗이 수리해 주었다. 비용도 많이 나왔다.

윗집 부부는 그 비용을 보험으로 깔끔하게 처리했다. 그것을 보고 나도 비용 처리해 주러 나온 보험사 직원한테 바로 아파트보험에 가입하고, 집안 구석구석을 살펴봤다.

어디 물 새는 곳이 생겨서 아랫집에 피해를 주면 큰일이라는 생각에서 집안 곳곳을 살펴보았다. 보일러에서 아주 작은 물방울이 떨어지고 있다.

화실에 나가 작업하고 있는 아내에게 전화했다.
"왜 보일러에서 물방울이 떨어지지?"
"아, 그거 오래된 일이야. 여름도 곧 오니까 그냥 놔둬. 보일러 켤 일도 없으니" 아내는 걱정말라고 한다. 나는 혹시 잘못되어 아래 집에 큰 피해를 주면 낭패라는 생각이 번득 들어 서비스센터에 연락했다.

보일러를 열어본 기사가 이것저것 바꾸어야 한다고 한다. 너무 오래 썼다고 한다. 입주할 때 설치한 보일러는 27년이 되었다. 이것저것 교체할 부품비용이 만만치 않다. 차라리 새 보일러로 바꾸는 것이 낫겠다는 생각이 들었다. 새것이 훨씬 안전할 것이라는 생각이 들어 바로 새 보일러로 바꾸었다.

오랫동안 이 아파트에 사는 동안 아내는 여러 번 옮기자고 했다. 나는 그때마다 한결같이 그냥 살자고 하면서 눌러앉았다.

눈곱만큼의 경제 감각도 없었다.
움직이는 것을 싫어하는 게으름도 한몫했다. 그래

서 지금은 이렇게 늙은 아파트와 함께 살고 있다.

무엇이든 오래된 것에는 상처와 아픔이 쌓인다.
또 오래된 것은 익숙해지고 익숙해지면 정이 깊어진다. 상처와 아픔이 많은 늙은 아파트와 오랫동안 함께 살다 보니 정이 깊어졌다.

늙은 아파트를 보면 안쓰럽다. 누군가가 보살펴 주어야 한다.

아내는 늘 바쁘다. 운동하러 가고, 모임에 나가고 화실에 나가 작업한다. 정년을 한 내가 보살펴 주어야 한다.

아침마다 음식물쓰레기와 휴지를 버리기 위해서 문밖으로 나선다. 문을 열면 색 바랜 출입문에 누가 붙여놨는지 전단지가 더덕더덕 붙어있다. 슈퍼, 음식점, 부동산, 거기에다 이상한 종교 전단지도 있다. 바로 다 떼서 휴지 상자에 담는다.

그러면서도 아파트 문손잡이에 껌딱지처럼 붙어있는 스티커 하나는 손대지 않는다.

“헌 솜 틀어서 소독해서 새 이불로 만들어줍니다”. 헌 솜 틀듯이 늙은 아파트를 틀어서 새 아파트로 만들 수는 없을까?

일층 우편함 밑에는 우편함에서 꺼내 버려놓은 각종 전단지가 수북이 쌓인다. 여러 사람이 우편함에서 꺼낸 각종 전단지를 우편함 밑에 마구 버려 놓는다. 오래된 아파트이니 전단지 종이쪽지를 버리는 것쯤은 괜찮다고 생각하는 모양이다.

우편함 밑에 수북이 쌓인 전단지를 하나도 빠짐없이 휴지 상자에 담는다. 특히, 고금리로 아파트 담보 대출을 받아 가라는 쪽지는 더 철저히 주워 담는다.

늙은 아파트에 산다고 무시하는 것 같아서다.

집에서 가지고 나온 음식물 쓰레기를 음식물 분리함에 버리고, 휴지 상자에 담긴 집안 휴지와 아파트 출입문에서 뗀 전단지, 우편함 밑에 쌓였던 전단지를 모두 종이 분리함에 버린다.

기분이 좋다. 그 기분으로 뒷산으로 걷기 운동하러 간다.

뒷산에는 높이 오르지 않고도 중턱에 나 있는 길을 한 바퀴 돌면 충분히 걷기 운동이 되는 둘레길이 있다.

이런 뒷산이 있고, 주변에 병원이 많아서 이 늙은 아파트에는 늙은 사람들이 많이 산다.

늙은 아파트에 늙은이의 얼굴과 손등에 내려앉는 검버섯 같은 아픔과 상처가 쌓이지 않았으면 좋겠다.

나는 오늘도 늙은 아파트를 잘 보살핀다. 그러면서 함께 늙어간다. 늙은 아파트, 정이 깊어질 대로 깊어진 내 늙은 아파트는 이제 뗄 수 없는 내 애틋한 친구다.

3

태엽 감는 수동식 손목시계와 별 향기

별 향기

법성포는 백제불교의 최초 도래지. 동진에서 마라난타가 대승불교를 가지고 들어온 곳이다.

법성포 갯벌에 저녁노을이 내려앉는다. 조금 전까지 황홀하게 내려앉든 저녁노을이 파란 밀물이 밀려들면서 바다 물에 잠긴다. 밤이 시작된다.

법성포 밤하늘에서 별들이 선명하게 빛난다. 저 별들 중 하나는 분명 마라난타의 별일 것이다. 마라난타가 불법을 전한 곳, 법성포 밤하늘에서 마라난타의 별이 빛나지 않을 리 없다.

소년 마라난타는 별을 좋아했다.

밤마다 별들을 바라보면서 꿈꾸었다. 그 별들은 날이 밝으면 어디론가 사라졌다. 마라난타는 어디론가 사라진 별들이 늘 아쉬웠다.

항상 별들을 찾아 나서고 싶었다.

늘 마음속에 별에 대한 동경을 품고 있었다.

마라난타는 인도 간다라 지방에서 브라만 계급으로 태어났다. 모든 것 부족함 없이 풍족하게 자랐다. 차별받는 일 없었다.

그런 마라난타는 천민 계급이 노예로 팔려가고 차별을 심하게 받는 것을 보면서 어떻게 그들을 고통에서 벗어나게 해 줄 수 있을까 고민한다.

심성이 별같이 맑은 마라난타는 고통 받는 이들을 제도濟度하기 위해 출가한다. 어디론가 사라져 버린 별을 찾아 나선다.

중생을 제도하기 위해 출가한 마라난타는 불법을 열심히 터득한다. 터득한 불법을 더 많은 사람에게 전파하기 위해 카라코람(Karakoram)산맥의 설산을 넘고, 타클라마칸(Taklamakan) 사막을 지나 둔황을 거쳐 고비(Go bi)사막을 가로질러 중국 동진에 이른다.

여러 곳을 다니면서 중생의 번뇌를 도멸해 주고, 깊은 경륜을 쌓고, 학식과 덕행을 쌓아 존자가 된다.

마라난타는 여러 곳을 다니면서 별을 보며 사색했고, 별을 보며 깨달았다. 산사에 머물 때는 깊은 밤 별을 보며 사색에 잠겼다.

고비사막을 건널 때는 적막한 사막 에메랄드빛 하늘에서 선명하게 쏟아지는 별들을 바라보면서 형언할 수 없는 경외에 젖어 숨 쉴 수 없는 지경에 이른다.

그 경외의 순간 인간은 모든 슬픔과 괴로움을 잊을 수 있다. 별은 우리에게 한없는 마음의 정화를 가져다준다.

마라난타는 별이 되고 싶었다. 별이 되어 많은 사람의 마음에 별을 심어 주어 희로애락, 생로병사의 집착에서 벗어나게 해주고 싶었다.

마라난타는 더 많은 사람의 마음에 별을 심어 주기 위해 길을 떠난다. 백제 침류왕 원년 동진에서 배를 타고 서해를 건넌다.

몇 날을 풍랑에 시달리면서 항해를 계속한다. 밤하늘에서 빛나는 별을 보며 길을 잃지 않았다.

마라난타는 별을 좋아했다. 별을 가슴에 간직하고 살았다. 마라난타는 부처님 닮은 별이 되어 불경과 아미타불 불상을 가지고 거친 바다를 무사히 건너 법성포에 닿았다.

마라난타는 대승불교 중에서도 아미타불이 머무는 서방정토에서 다시 태어나기를 바라는 정토신앙을 가지고 법성포에 들어왔다.

마라난타는 모두가 대승 보살이 되도록 모든 사람의 마음에 별을 심어 주었다.

별을 보고 있으면 마음이 평안해진다. 모든 마음의 찌꺼기가 사라진다.

오늘 마라난타가 들어온 법성포 밤하늘에서 마라난타의 빛나는 별을 본다. 별을 보면서 한없는 마음의 정화를 느낀다.

지금 법성포 밤하늘에서 마라난타의 별 향기가 내려앉는다.

참고:장성욱,마라난타-백제불교의 전래자(문예림,2013).

작은 풀꽃

작은 풀꽃은 우주를 담고 있다.

햇빛, 달빛, 눈비, 바람이 모두 담겨있다. 우리는 작은 풀꽃의 깊이를 알아야한다. 무시하지 말아야 한다.

지구에는 큰 나무에서 피는 꽃, 나무는 아니지만 큰 식물에서 피는 꽃들이 있다. 큰 풀꽃들이 있고, 작은 풀꽃들이 무리 지어 피는 꽃들이 있다.

나는 가끔 뒷산 산책길에서 혼자 사는 작은 풀꽃 하나를 만난다. 혼자서 소박하게 피는 작은 풀꽃, 너무 작아서 존재감이 없다.

그 작은 풀꽃은 큰 나무 아래 비탈진 언덕에서 혼자 산다. 그 작은 풀꽃을 보면서 혼자서 참 힘들겠다는 생각을 한다.

작은 풀꽃은 아침이면 저녁 내 이슬에 젖었던 몸을 햇볕에 말린다.

작은 풀꽃은 짐승이 밟고 지나가면 그대로 죽을 수 있다. 아예 뿌리까지 갉아 먹으면 그냥 죽을 수 있다. 억센 비가 내리면 물속에 잠겨버릴 수 있다.

다행히 짐승들은 혼자 있는 풀꽃보다는 무리지어 있는 풀꽃들을 뜯어 먹는다. 비탈진 언덕은 물 빠짐이 좋아서 물에 잠기지 않는다.

큰 나무 밑에서 사는 작은 풀꽃은 여름에는 시원해서 좋지만 겨울에는 큰 나뭇가지에서 쏟아지는 눈덩이에 혼비백산한다.

작은 풀꽃은 은은한 향기를 가지고 있다. 그러나

꿀은 없다. 나비와 벌이 오지 않는다. 같이 이야기 할 수 있는 친구가 없다.

큰 나무는 키가 커서 작은 풀꽃이 말을 걸어도 그의 귀에 닿지 않는다.
다른 풀꽃들과 무리 지어 있으면 오순도순 이야기를 나눌 수 있을 텐데, 혼자 있으니 외롭다.

나도 혼자 산책 나와서 이야기 나눌 사람이 없어 작은 풀꽃에게 말을 건다.
"너는 어떤 꿈을 가지고 있느냐?"
작은 풀꽃은 밤에 별을 본다. 별을 보며 꿈꾼다. 어린 왕자가 사는 작은 별에 가는 꿈을 꾼다.

그곳에 가면 모든 것이 작기 때문에 작은 풀꽃도 존재감이 있을 것이다.

어떤 때는 꿈속에서 어린 왕자가 사는 작은 별을 향해 훨훨 날아간다.

작은 풀꽃은 우주를 담고 있다. 햇빛과 달빛, 눈비, 바람이 다 담겨있다. 사람들은 이 우주를 이해하지 못한다. 작은 풀꽃이라고 무시한다.

심성이 좋은 사람들은 작은 풀꽃을 아낀다. 그러나 많은 사람은 잡초라고 하면서 무시한다.

특히 작물을 키우는 사람들은 밭이나 밭 근처에 있으면 그냥 뽑아버린다. 사람에게 조금이라도 보탬이 안 된다고 생각되면 가차 없이 뽑아버린다.

작은 풀꽃 하나 희생시키는 것을 당연하게 생각한다. 작은 풀꽃 하나에 우주가 담겨있다는 것을 모른다.

내가 만나는 작은 풀꽃은 봄에 싹을 틔우고 꽃을 피워서 여름까지 가다가 가을에는 꽃이 시들고 줄기와 잎이 말라 뿌리만 남아 겨울을 준비한다. 눈 속에서 남은 뿌리로 생명을 유지해서 다음 해 봄이 오면 다시 꽃을 피운다.

이런 끈기 있는 작은 풀꽃을 사랑하는 것이 우리가 사는 세상을 더욱더 자연성 있는 세상으로 만들 수 있다.

세상에는 작은 풀꽃같이 고단하게 사는 사람들이 많다. 그들이 작은 풀꽃처럼 끈기 있게 살 수 있도록 아껴 주어야 한다.

신비로운 꿈

바닷가 바위에 인어공주가 앉아있다. 먼 바다를 바라본다. 떠나온 바다, 고향을 그리워한다. 아니 사랑하는 왕자를 찾고 있다.

안데르센 동화에 나오는 인어공주가 덴마크 코펜하겐 바닷가 바위에 앉아 우수 어린 눈빛으로 먼 바다를 바라보고 있다.

그 인어공주의 눈에 어린 우수 같은 신비한 바다 안개가 지금 새만금 매립지 반대쪽 서해의 수평선을 감싸고 있다.

수평선 아래에서 금방이라도 인어공주가 숨비소리를 내며 떠오를 것 같다. 바다에서는 이런 신비로운 꿈을 꿀 수 있다.

바다에서는 자원을 캐낼 수 있다. 수산업으로 수익을 올릴 수 있다. 바다는 물류 교통의 뱃길이고, 해양 레저스포츠를 즐길 수 있다. 바다에서는 가슴이 탁 트이는 바다 관광도 할 수 있다.

이런 바다가 육지로 변해서도 우리에게 꿈꿀 수 있게 할 수 있을까?

새만금은 세계에서 가장 긴 33km 방조제를 막아서 광활한 매립지를 만들었다.

정부는 스마트 팜, 해안·도서식물 수목원을 새만금 매립지에 만들기로 했다. 복합리조트, 호텔, 익스트림스포츠 공간, 케이블카, 재생에너지 단지도 만든다고 한다. 항만과 공항을 만들고, 여러 기업을 유치한다고 한다.

큰 캔버스 앞에 앉은 화가는 어떤 그림을 그려 넣을까 여러 가지 생각을 한다. 꿈을 꾼다. 마치 화가가 캔버스에 꿈을 그려 넣듯이 새만금에는 여러 가지 꿈이 그려져 있다.

2023년에는 세계잼버리 대회가 열린다. 세계 청소년들이 꿈꾸러 온다.

어떤 사람들은 싱가포르처럼 카지노를 만들자고 한다. VVIP 전용 메디컬 센터를 짓자고 한다.

새만금에 친환경 스마트 수변도시가 들어선다. 인공해변에서 서핑하고 요트 타고, 요트와 보트를 정박할 수 있는 단독형 수변 주택단지가 들어선다.

친환경 물 순환체계를 구축하고, 보행 전용지구를 만들어 수변을 걷는 도시를 만든다. AI가 스마트 홈 서비스를 하고, 자율 주행 대중교통이 운행된다. 문화시설 공간에서 가상 현실과 증강 현실이 실현되는 꿈같은 도시가 들어선다.

새만금은 단순히 만경평야와 김제평야의 첫 글자를 가져다 이름 붙여 놓은 땅이 아니다.

세계를 선도하는 그린에너지와 신산업 허브, 친환경 첨단농업육성 거점, 특색 있는 관광 생태 중심도시, 세계로 열린 개방형 경제특구를 만들어 나가는 꿈을 가지고 있다.

그러나 바다를 막아서 육지를 만들어 놓은 새만금 매립지에는 수평선이 없다. 갯벌이 사라졌다. 맨손어업을 못 한다. 바다를 바라보면서 신비로운 꿈을 꿀 수 없다.

네덜란드 플레볼란트주에는 세계에서 두 번째로 긴 방조제 자우더 제이(Zuider Zee. 32.5km)가 있다. 이 방조제를 막아 새만금의 8배에 이르는 땅을 만들었다. 넓은 땅에 산업, 주택, 리크레이션, 연구, 농업용지가 있다.

큰 담수호가 있다.

담수호는 수질이 아주 깨끗이 유지 된다. 유럽 내륙 국가들이 부담해 주는 수질 개선 비용과 네덜란드 사람들의 높은 도덕적 수준이 있기 때문이다.

새만금에도 우리의 높은 도덕 수준이 필요하다. 물의 도시 아리울(Ariul), 새만금을 만들기 위해서는 담수호 수질을 깨끗이 유지해야 한다.

인간은 신이 아니다. 원래 신이 내려준 바다를 인공으로 메워서 거기에 꿈을 실현해 나가는 데는 한계가 있다.

21세기에 사는 우리는 옛날과는 달리 인공적으로 만들어진 꿈을 실현해 나가면서 테마파크 같은 도시에서 사는 것에 익숙하다.

신비로운 꿈을 꾸는 것과는 멀다.

오늘날 세계는 폭우와 대형 산불이 빈발하고, 폭설과 강추위가 극심하다. 모두 자연성을 제대로 지켜내지 못하기 때문이다.

새만금 신공항 예정부지에 포함된 수라 갯벌에서 멸종위기종 금개구리와 흰발농게 서식지가 발견되었다고 한다.

시민단체에서는 '내가 수라 갯벌을 보았어'라는 수라 갯벌 걷기 프로그램을 진행하고 있다. 갯벌의 소중함과 멸종위기종의 보호 가치를 보고 배우도록 하고 있다.

신공항도 당연히 필요하다. 신공항을 잘 건설하면서 갯벌도 보존해 나갈 길은 없는 걸까?

새만금 매립지는 바다를 메워 만든 육지다. 그 육지에는 바다의 흔적이 남아있어야 한다. 일부라도 바다의 흔적을 남겨두어야 한다.

새만금 방조제를 바닷바람을 맞으며 걷는다. 꽃과 나무로 잘 꾸며놓은 자연공원을 산책한다.

방조제 33km 완공기념으로 지어진 33센터 전망

대에 올라 서해와 웅장한 신시 갑문, 신시도의 자락을 내려다본다.

아리울 예술창고에서 아리울 스토리 상설공연을 본다. 오후 내내 그렇게 시간을 보냈더니 지금 서해로 저녁노을이 내려앉는다.

방조제 해넘이 공원에 앉아서 저녁노을에 감싸인 신비로운 수평선을 바라본다. 금방이라도 수평선 아래 바다 밑에서 인어공주가 떠오를 것 같다.

새만금 방조제 한쪽은 매립지, 다른 한쪽은 서해다. 나는 다른 한쪽 서해로 내려앉는 저녁노을에 감싸인 수평선을 바라보면서 신비로운 꿈을 꾼다.

아니 신비로운 꿈을 꾸고 싶어 한다.

움직이는 것들의 소리

탁 트인 바닷가 숲속에 자리 잡은 호텔. 고요한 새벽 새소리가 시끄럽다. 잠자리에서 일어나 창문을 연다. 푸른 바다가 파도와 바람 소리를 안고 밀려든다.

아내와 큰딸과 함께 일주일간 필리핀 세부로 여름휴가 왔다. 첫날은 밤늦게 도착해서 시내 호텔에서 잠만 자고, 다음 날 오후 쾌속선 타고 두 시간 반 걸려서 보홀(Bohol)섬으로 왔다. 도착해서 저녁 식사 마치고 반딧불이 투어에 나섰다.

까만 밤 밀림 속 강은 적막하다.

우리가 탄 조그만 배는 숨죽이면서 조용히 강물을 가르며 앞으로 나간다. 반딧불이들이 놀라지 않게 조심스럽게 앞으로 나간다.

큰 맹그로브 나무에 반딧불이가 수없이 붙어있다. 수만 개의 전등 불빛으로 꾸며 놓은 크리스마스트리 같다.

누가 하늘에서 저렇게 수많은 작은 별을 따다가 붙여 놨을까?

수많은 반딧불이가 서로 날개를 부딪치면서 상글상글 소리를 낸다. 아주 기분 좋게 들린다. 반딧불이 소리가 고요한 밀림 속 적막을 깬다.

뱃머리에 앉아 우리를 안내하는 현지 청년이 아주 조용하게 '모기는 맹그로브 나무를 좋아하고 반딧불이는 그 모기를 잡아먹기 위해서 맹그로브 나무에 붙어산다'고 한다.

놀랍게 반딧불이 암컷은 알을 낳고 며칠 지나서 수컷을 잡아먹는다고 한다. 자기가 살기 위한 영양분을 섭취하기 위해 수컷을 잡아먹는다고 한다.
반딧불이는 아주 청청한 곳에서 다슬기만 먹으면서 고상하게 사는 줄 알았다.

반딧불이 투어를 마치고 이틀 동안 머물 바닷가 보홀 Sunset 리조트로 왔다. 리조트에 도착해서 수영부터 했다.

아열대 지방의 밤은 너무 무덥다.
큰 야자수 몇 그루가 둘레에 서 있고, 조명이 잘되어 있는 수영장에서 물살을 가르며 수영했다. 수영장의 물살이 파문 져가는 소리가 시원하다.

다음 날 아침 일찍, 아침 식사를 하지 않은 채 바다로 나갔다. 우리를 안내하는 검게 탄 청년들과 함께 방카(Bangka)라는 양 날개가 길게 달린 필리핀 전통 배를 타고 아침 일찍 먹이를 찾아 떼 지어 나타나는 돌고래를 보기 위해서 바다로 나갔다.

청년들은 우리를 바다 한가운데로 데리고 가서 돌고래들이 떼 지어 나타나는 모습을 보여주었다.
돌고래들이 나타나면 빨리 배를 몰아 따라가고 사라지면 조용히 서서 기다리다가 또다시 나타나면 따라가면서 한참 동안 구경했다.

돌고래들이 아주 활기차게 먹이를 사냥하며 끼익 끼익 소리를 지르며 자맥질한다. 먹이를 찾아서 기쁘다는 소리 같다.

바다 돌고래는 수족관 돌고래와는 다르다. 수족관 돌고래는 사람을 위해 쇼를 하지만 넓은 바다를 누비며 먹이를 찾는 돌고래는 아주 생동감이 넘쳐난다.

아주 높이 뛰지 않고 필요한 만큼만 뛰면서 파도를 타고 바닷속으로 쑥 들어가서 먹이를 찾는다.

돌고래 투어를 마치고 발리카삭(Balicasag)이라는 작은 섬으로 갔다.
섬 근처에 배를 대놓고 바다에서 한참 스노클링을 한

후, 점심을 먹기 위해 섬에 올랐다. 나무 그늘에서 청년들이 생선을 부채질해서 굽는다.

점심시간까지는 제법 시간이 남았다. 우리는 코코넛 나무 사이를 걷고, 나무에 매달린 해먹(Hammock)에 누워 시원한 바람을 맞았다. 해먹 흔들리는 소리가 시원하다.

아내는 작은 스케치북을 꺼내 코코넛 나무 그늘 벤치에 앉아 바다와 나무, 작은 꽃들을 스케치한다.

아내의 스케치북에는 바다의 파도 소리와 나무를 흔들고 가는 바람 소리, 작은 꽃들의 웃음소리가 담긴다. 스케치하는 연필 소리가 상쾌하다.

파도 소리와 바람 소리는 시원하고 소리 없이 웃는 꽃들의 웃음소리는 평화롭다.

우리는 코코넛 나무 아래서 바비큐 점심 식사를 했다. 청년들이 타지 않도록 부채질해서 정성을 다해

구워낸 생선을 먹었다. 아주 신선하고 맛있었다.

점심 식사 후 또 하나의 작은 섬 버진 아일랜드(Vergin Island)로 갔다. 아주 작은 섬 한 바퀴 돌고, 모세의 기적처럼 바다가 갈라지는 바닷길을 걸었다.

아침 일찍 바다로 나가서 청년들이 준비해온 도시락으로 아침을 때우고, 돌고래 투어하고, 스노쿨링과 섬 관광을 마치고 다시 리조트로 돌아왔다.

남은 오후 시간을 수영장에서 시원하게 보내다가 해 질 녘 저녁노을을 보기 위해 바다로 나갔다.

맹그로브 숲 사이로 나 있는 긴 대나무 다리를 지나서 저녁노을 전망대로 갔다.

대나무 다리를 걷는 우리 발소리가 대나무밭에서 이는 바람 소리같이 사악사악 따라왔다.

넓은 바다에 내려앉는 저녁노을이 장관이다.

우리는 보홀섬에서 이틀간 천혜의 자연환경 속에서 에코바캉스(echo vaccans)를 마치고 다시 세부로 돌아왔다.

세부에서 나흘 동안 머물 바닷가 숲속에 자리 잡은 고급 호텔에 짐을 풀었다.

나는 우선 한 곳에서 나흘 동안 머문다는 것이 너무 좋았다. 더운데 여기저기 안 돌아다니고 한곳에 머문다는 것이 너무 좋았다.

그런데 큰딸은 이미 여러 가지 체험프로그램에 참여할 수 있게 예약해 놓았다. 마냥 쉬기만 할 수 없다.

매일 호텔수영장에서 수영하는 것은 기본이다. 요가수련원에서 요가하고, 발 마사지 받고, 전통 공연 관람하고, 호텔에 딸린 해수욕장에 나가 해수욕하고 카누 타면서 시간을 보냈다.

가끔 호텔캠퍼스 숲 한 바퀴 돌았다. 호텔캠퍼스는

대단히 넓다. 늘 새소리가 끊이지 않는다.

수영장, 골프장, 해수욕장, 요트하우스, 요가수련원 기氣하우스를 가지고 있는 호텔은 즐길 수 있는 곳이 많다.

우리는 아침 먹고 호텔 숲 한 바퀴 돌고 이것저것 체험프로그램하고, 점심 먹고 숲 한 바퀴 돌고 이것저것하고 밤에는 거의 알코올이 없는 아열대 지방의 맥주를 마시면서 나흘을 보냈다.

오늘은 일주일간의 휴가를 마치고 떠나는 날. 새벽부터 새소리가 시끄럽다. 새벽은 너무 고요해서 새소리가 시끄럽게 들린다.

그때는 몰랐다. 숲속에서 새소리를 들으면서 잠을 깨는 것이 얼마나 행복한가를!

나는 휴가에서 돌아와 지금 탁 트인 바다의 파도소리와 바람 소리를 그리워한다.

밀림 속 강을 내려가던 조용한 뱃소리, 상글상글 반딧불이들의 날개 부딪히는 소리, 수영장의 물살이 파문 져가든 소리, 끼익 끼익 자맥질하던 돌고래들 소리, 생선 굽던 부채질 소리, 흔들리든 해먹 소리, 나무를 흔들고 가는 바람 소리, 아내가 스케치하던 연필 소리, 아내의 스케치북에 담긴 작은 꽃들의 웃음소리, 대나무 다리를 걸을 때 사악 사악 따라오던 발소리, 카누 타면서 노 젓던 소리, 그 소리 들을 그리워한다.

움직이는 것들의 소리를 그리워한다.

태엽 감는 수동식 손목시계

시간 속에는 모든 것이 담겨있다. 자연의 순환이 있고, 우리의 이야기가 있다.

태엽을 감아 그 힘으로 움직이는 수동식 손목시계는 태엽을 감지 않으면 멈춘다. 시계가 멈춘다고 해서 멈추어 섰을 때의 기억이 사라지지는 않는다. 시계는 그때의 기억을 고스란히 안고 있다.

1994년 스위스 루체른에 갔다.

그해 여름 런던, 파리, 로마, 피렌체를 여행하고 밀라노에서 하루 묵고 다음 날 늦게 일어나 점심때 스위스 루체른으로 향했다.

3시간 기차를 타고 오후 3시 루체른 중앙역에 도착했다. 서둘러 숙소 체크인 마치고 시내로 나섰다. 유명한 카펠교를 걷고, 루체른 호수에서 유람선을 타기 위해 서둘렀다. 오후 늦게 도착한데다가 내일 오전 독일로 돌아가야 하니 시간 여유가 없다.

미국에서 독일로 돌아오는 비행기에서 옆자리에 앉은 스위스 사람하고 이야기를 나누었다. 스위스에서 가장 가볼 만한 곳이 어디냐고 물었다.

루체른을 알려주었다.

1994년 나는 1년 동안 독일재단의 초청을 받아 독일의 한 대학원대학교 방문 교수로 머물고 있었다.

독일로 떠나기 전 1993년 말 미국 캘리포니아 주립대학교 프레즈노 캠퍼스 정치학과 주임교수께서 전주에 오셨다.

여름방학 때 진행하는 연수프로그램에 공무원들이 참여할 수 있으면 좋겠다고 해서 전라북도에 연결시켜 주고 나는 독일로 왔다.

몇 달이 지나서 그 교수님께서 연락이 왔다. 여름방학 때 전라북도 공무원들이 연수하러 오게 되었으니 미국에 와서 특강 한 강좌하고 프로그램이 끝날 때까지 있다 가라고 초청해 주었다.

미국에서 2주 지내고 독일로 다시 돌아오면서 스위스 사람을 만나 루체른을 알게되었다.

미국에서 돌아와 며칠 후 유럽 여행에 나섰다.

루체른에 가기 참 잘했다. 루체른에는 세계에서 처음으로 지어진 지붕이 있는 목조다리 카펠교가 있다.

호수가 많은 나라 스위스에서 레만호 다음 두 번째로 넓은 루체른 호수가 있다.

카펠교를 향해 걷다가 중앙역 뒷골목에서 노점상을 만났다.
빨간색 바탕에 흰색 십자가가 그려져 있는 스위스 국기 문양이 새겨진 자그마한 만능 칼을 집어 들었다.

겉모양이 그럴듯하고 아주 실용적으로 보이는 손목시계도 집어 들었다. 원래 시계는 살 생각이 없었다. 언뜻 시계의 나라 스위스에서는 노점상이 파는 시계도 질이 좋겠지 하는 생각이 들어 집어들었다.
숙소에 와 확인해보니 태엽 감는 수동식이었다.

태엽 감는 일은 귀찮은 일이다. 그냥 놔두었다. 그렇게 해서 태엽 감는 수동식 손목시계는 루체른에서부터 멈추어 서 있게 되었다.

태엽을 감아 그 힘으로 움직이는 수동식 손목시계는 태엽을 감지 않으면 멈추어 서게 된다. 시계가 멈춘다고 해서 멈추어 섰을 때의 기억이 사라지지는 않는다. 시계는 그때의 기억을 고스란히 안고 있다.

루체른의 랜드마크 카펠교(chapel bridge)를 걸었다.
14세기에 지어진 지붕이 있는 목조다리 카펠교는 다리 이름이 교회 다리이듯이 마치 성당 같다.
지붕을 받치고 있는 여러 개 세모꼴 들보에 루체른의 수호성인과 루체른과 스위스 역사를 담은 패널화가 111점이 그려져 있다.

카펠교는 길이 200m가 넘는 다리다.
양쪽에 나무로 만든 큰 화분을 줄지어 매달아 붉은 제라늄을 심어 놓았다. 꽃의 다리다.

붉은 제라늄꽃과 다리 아래로 흐르는 푸른 강물은 누구나 사랑하는 사람과 같이 오면 바로 제라늄 꽃말처럼 “당신이 있어 행복합니다”가 절로 나올 풍경이다.

늦은 오후 루체른 호수 증기 유람선을 탔다. 유람선은 밖으로 바퀴가 나와 있는 외륜선이다. 고풍스럽다.

루체른 호수는 바다같이 넓다. 백조가 헤엄치고 갈매기 난다.

유람선 갑판에서 바라보는 알프스의 파노라마는 탄성을 불러일으킨다.
알프스 산자락에 점점이 박힌 빨간 지붕 집들이 그림 같다.

이 그림 같은 풍경 속에서 갑판 난간에 기대어 시원한 바람을 맞는다. 호수에서는 푸른 향기가 피어오른다.

차이콥스키 백조의 호수가 떠오른다. 백조의 호수에서는 마법에 걸려 백조로 변한 공주와 시녀들이 호수를 헤엄친다. 지금 루체른 호수에는 마법에 걸리지 않은 백조 몇 마리가 우아하게 헤엄치고 있다.

빙하 호수 루체른의 푸른 물결과 하얀 백조의 색깔이 고결한 조화를 이룬다. 내가 타고 있는 외륜선도 한 마리 큰 백조처럼 푸른 루체른 호수를 헤엄쳐 나간다.

루체른 호수는 베토벤 월광 소나타와 깊은 관련성이 있다. 루체른 호수 때문에 월광 소나타라는 이름이 생겼다.

시인이며 음악평론가인 루트비히 렐슈타프(Ludwig Rellstab)가 베토벤 소나타 14번 1악장을 듣고 '달빛이 비치는 루체른 호수 물결에 흔들리는 작은 배'같다고 해서 베토벤 소나타 14번은 월광 소나타로 불려지게 되었고 아주 유명해졌다.

베토벤은 부유한 백작 딸에게 음악을 가르쳤다. 20살 차이나는 백작 딸을 사랑했다. 그 딸에게 선물한 곡이 소나타 14번이다. 백작은 딸을 베토벤에게서 떼놓기 위해 다른 사람에게 결혼시킨다.

월광 소나타는 단조로우면서 느린 선율로 슬픈 사랑을 표현한다. 잔잔히 느리게 흐르는 선율이 정말 루체른 호수에 흔들리는 조각배 같다.

백조의 호수와 월광 소나타는 슬픈 사랑 이야기를 담고 있다.
백조의 호수는 슬픔을 참는 구슬픈 선율로 월광 소나타는 고요하게 흐르는 선율로 슬픈 감동을 준다.

루체른 호수에 저녁노을이 내려앉는다. 유람선 갑판에 황홀한 저녁노을이 내려앉는다.

통 큰 치마 위에 앞치마를 덧입은 알프스 전통 민속 복장 디언들(dirndl)을 입은 소녀 두 명이 소녀들이 불기 좋은 길이가 조금 짧은 알프호른(alphorn)을 연주한다. 산울림같이 퍼져나가는 알프호른 소리가 석양의 호수 위로 낮고 길게 메아리쳐 나간다.

황홀한 저녁노을 속에서 족히 칠십은 넘은 노부부가 갑판 한쪽에서 블루스를 춘다. 아까 1층 선실 복도에서도 춤추었던 노부부다. 가는 세월이 아쉬운 모양이다. 훤칠한 키, 서양 노부부가 서로 안고 천천히 추는 춤이 너무 멋지다.

노을과 늙음이 묘한 조화를 이룬다. 나는 그 광경을 바라보면서 갑판 난간에 기대어 황홀한 저녁노을에 물들었다.

늦은 오후에 출발해서 증기유람선을 타고 루체른 호수를 한 바퀴 돌아 선착장에 돌아오니 벌써 밤이다.

호수를 둘러싸고 있는 알프스 산자락의 주택 불빛들이 꿈꾸는 별처럼 빛난다. 오늘 밤은 달이 뜨지 않는다. '달빛이 비치는 루체른 호수 물결에 흔들리는 작은 배'는 볼 수 없다.

밤하늘에서 반짝이는 무수히 많은 별들이 쏟아진다. 루체른 호수의 감동이 사라지지 않는다.

1994년 여름 내가 태엽을 감지 않고 놔두었던 수동식 손목시계에 루체른의 기억이 그대로 박혀있다. 그때를 잊을 수 없다.

아름다운 루체른 호수에 다시 가고 싶다. 증기 유

람선을 타고 차이콥스키 백조의 호수를 생각하며 우아하게 헤엄치는 백조를 바라보고 싶다. 저녁노을이 내려앉는 갑판 위에서 춤추고 싶다.

알프스 산자락 B&B에 머물며 달뜨는 밤 베토벤의 월광 소나타를 들으며 호수에 뜬 달을 보고 싶다. 아예, 루체른 호수 둘레 알프스 산자락에서 살면 어떨까?

헤르만 헤세는 스위스 남부 루가노호반의 작은 마을 몬타뇰라에서 정원을 가꾸면서 수채화를 그리고 작품을 썼다.

루체른호반에 살면서 정원을 가꾸고 산책하면서 작품을 쓰면 어떨까?

루체른 한 달 살기 여행이라도 떠나볼까?

1994년 여름 루체른 골목에서 산 태엽 감는 수동식 손목시계에 그대로 박혀있는 루체른의 기억이 지금 모두 살아난다.

4

분리 불안과 조용한 바람

조용한 바람
마음의 안경
꽃이 외롭다.
햇살에 기대어 바람에 기대어
분리 불안

조용한 바람

봄 날씨라고 늘 따뜻하기만 한 것은 아니다. 봄이 시작될 때는 자주 강한 바람이 분다. 을씨년스럽기까지 하다.

오늘도 아파트 창문이 덜컹거릴 정도로 바람이 세차다.

"엄마! 바람 불어."

금방 유리창이 깨지기라도 할 듯한 바람에 담뿍 걱정스런 목소리로 세 살짜리 셋째가 잽싸게 엄마 품을 파고든다.

"괜찮다. 겨울이 지나가는 소리다."

"겨울이 지나가."

셋째는 안도할 수가 없는가 보다.

잔뜩 웅크린 채 엄마 품을 벗어나지 않는다. 그런 세 살짜리를 바라보면서 안쓰러운 마음이 든다. 셋째가 태어나던 날은 몹시 바람이 불었다.

마지막 지나가는 겨울의 눈보라가 분만실 창을 세차게 때렸다. 셋째는 새벽 세시 분만실 창들이 겨울바람에 부딪혀 울고 있을 때 태어났다.

세상에 태어나자마자 강한 바람 소리를 들었다. 그 기억 때문에 바람 소리만 들으면 놀라는지 모른다.

나는 셋째가 태어나던 바로 전날 새로운 직장으로 자리를 옮겼다. 그날은 대학교 교수로 자리를 옮겨 처음 만난 새로운 얼굴들과 인사 나누고 함께 어울리다 밤늦게 집에 돌아와 잠에 떨어졌다.

"여보게! 병원에 가봐야겠네."

며칠 전부터 와 계시던 장모님께서 곤히 잠든 나를

깨운다.

"내일이나 가지요"

첫째, 둘째 때 진통이 있고 하루가 더 걸려 출산했던 기억이 있어 단잠을 더 자고 싶은 나는 일어나지 않고 돌아 누었다. 그런데 장모님이 워낙 급히 계속 채근하셔 잠에서 덜 깬 채 아내를 데리고 밖으로 나섰다.

얼마나 눈이 내렸는지 온통 세상이 하얗게 변해있었다. 아직도 펄펄 쏟아진다. 아파트단지의 수은등 위로 수북이 눈이 쌓인다.

나는 눈 때문에 마음이 기뻤다.
덜 깬 잠이 완전히 달아났다. 무언가 잘될 것만 같았다. 앞으로 모든 게 잘 풀릴 것 같았다.

진통으로 눈밭에 자주 주저앉는 아내를 부추겨 택시를 잡아탔다. 아내는 원체 급했던 모양이다. 분만실에 들어서자마자 출산했다.

나는 눈보라가 겨울을 몰고 가는 세찬 바람 소리를 들으면서 분만실 창에 귀를 대고 있었다.
아내의 진통 소리가 끝나고, 바로 이어서 여의사가 딸이라고 알려주는 목소리가 희미하게 들렸다.

셋째는 그렇게 강한 바람 속에서 태어났다. 그래서 바람 소리에 놀라는 셋째를 보면 안쓰럽다.

정말, 세상에는 많은 바람이 분다. 모든 것을 꽁꽁 얼어붙게 하는 춥고 매서운 바람이 있다.

폭풍우를 동반하는 비바람이 있다. 이런 강한 바람은 많은 것들을 앗아간다. 집과 생명을 앗아가기도 한다.

나는 강한 바람을 싫어한다. 특히 사람들이 일으키는 돌풍을 싫어한다. 그런 바람은 우리를 편안하고 조용하게 살 수 없게 만든다.

그렇다고 바람 한 점 없이 아주 적막한 것을 좋아

하지는 않는다.
세상에는 생기와 활기를 불어넣어 주는 적당한 바람이 있어야 한다.

저녁노을이 곱게 퍼지는 호수를 가만히 흔들어 놓는 바람, 동면의 대지에 따스한 생명의 숨결을 불어넣어 주는 바람, 대숲에 이는 고결한 바람, 우리 둘레에 항상 이런 조용한 바람이 있어야 한다,

조용한 바람은 세상을 아름답게 해준다. 생기와 활기를 불어넣어 준다. 늘 조용한 바람이 불었으면 좋겠다.

우리를 정신 못 차리게 하며 모든 것을 난파시켜 버리고 근간마저 마구 뒤흔드는 강한 바람은 싫다.

또 봄이 왔다. 봄 날씨도 가끔 강한 바람을 동반한다. 세상도 마구 시끄러울 때가 많다.

우리가 조용한 바람의 품성을 닮아 기품과 여유를

지니고 살아갈 수 있으면 좋겠다.

조용한 바람은 경직된 세상에 숨통을 터준다. 조용한 바람, 조용한 변화가 있어야 한다.

우리가 강풍, 특히 인위의 돌풍에 휩싸이게 되면 안정을 잃게 된다.

"엄마! 바람 불어."

오늘도 셋째는 아파트 창을 덜컹이는 강풍 소리에 걱정이 대단하다. 금방, 유리창이 깨질 것만 같은 모양이다. 제발, 셋째가 놀라지 않도록 그리고 우리가 정신 좀 차리게 세상에 항상 조용한 바람만 불었으면 좋겠다.

셋째는 국가가 둘만 낳아 잘 키우라는 때여서 의료보험 혜택도 받지 못하고 눈보라 속에서 태어났지만, 지금은 항상 내 둘레에서 조용한 바람처럼 내게 안정과 부드러움을 가져다준다.

셋째의 얼굴엔 평화가 있다. 그런 셋째를 바라보고 있으면 내 마음이 밝아진다.

강한 바람은 어디까지나 겨울이 지나가는 소리다. 놀랄 필요가 없다. 겨울 뒤에는 봄이 오고 강한 바람 뒤에는 조용한 바람이 있기 마련이다.

나는 조용한 바람이 좋다.

마음의 안경

아침마다 안경을 닦는다.

아침뿐 아니라 하루 여러 번 닦는다. 나이 들어 눈이 침침해졌다.

책 읽거나 컴퓨터로 글쓰기 위해서는 안경이 잘 보여야 한다.

아예 안경 클리닝 티슈를 사다 놓고 안경을 닦는다. 자극을 제거하고 항균 작용이 있다고 한다. 심지어 초음파 안경 세척기를 하나 사다 놓고 가끔 안경을 세척 한다.

그래도 눈이 상쾌하게 보이지 않는다. 안과에 가서 도수를 측정해 새로 안경을 바꾸었는데 밝게 보이지 않는다. 나이 들어 어쩔 수 없는 모양이다.

젊었을 때 내가 안경 끼지 않고 다닐 때, 나는 안경 낀 사람들을 고상하다고 생각했다. 지적으로 보였다. 얼마나 열심히 공부했으면 눈이 나빠져 안경을 썼을까?

안경은 눈 나쁜 사람에게 꼭 필요한 문명의 이기다. 눈이 나쁜 사람은 맨눈으로는 어떤 대상을 명확히 볼 수 없다.

안경은 눈 나쁜 사람에게 어떤 대상을 명료하게 판별할 수 있는 능력을 제공해 준다. 안경을 써야 읽을 수 있고, 아는 사람을 만나 인사를 못 하는 실수를 피할 수 있다.

안경은 눈 나쁜 사람에게는 절대적인 필수품이다. 이런 안경의 기본적인 용도 말고 다른 목적으로 안경을 쓰는 사람들이 있다.

눈이 나쁘지 않은데, 위엄있게 보이려고 안경을 쓰는 사람들이 있다. 용모를 아름답게 꾸미기 위해서 안경을 쓰는 이들이 있다. 남에게 보이기 싫은 흉터를 가리기 위해서 안경을 쓰는 이도 있다.

이런 물리적인 안경 외에도 사람들은 '제 눈에 안경'처럼 각자 마음의 안경을 지니고 있다. 선한 마음의 안경을 지닌 사람이 있고, 편견, 아집, 독단 같은 못된 마음의 안경을 지닌 사람이 있다. 마음의 안경은 정신을 지배한다.

눈 나쁜 사람은 안경이 물리적으로 보여주는 만큼 볼 수 있다. 안경으로 위엄을 가장하고 싶은 사람은 그만큼의 위엄을 누릴 수 있다. 안경으로 아름다워지고 싶은 사람은 그만큼 아름다울 수 있다. 안경으로 무엇인가 가리고 싶은 사람은 그만큼 가릴 수 있다. 안경은 한정적이다.

특히 마음의 안경은 더욱 그렇다. 편견, 아집, 독단은 못된 마음의 안경에서 온다. 눈 나쁜 사람들이 착용하는 물리적 안경 말고, 편견과 아집, 독단의 마음의 안경을 가지고 있어서는 안 된다.

내 친구 중에 한사코 안경 쓰기를 거부하는 친구가 있다. 눈이 지독히 나쁜데 안경을 쓰지 않으려고 한다. 사람을 잘 알아보지 못해 대인관계에서 손해 보고, 마음대로 책을 읽지 못하면서도 안경 쓰기를 거부한다.

몇 년 전 광주에서 오랜만에 그 친구를 만났다. 볼일이 있어서 광주에 갔다가 우연히 그 친구를 만났다. 우리는 저녁 식사를 함께하고 차도 같이 마시고 헤어졌다.

그 친구가 밤늦게 내 숙소에 찾아왔다. 그 친구는 나에게 안경 얘기만 하다 갔다. 마치 몽유병자처럼 밤늦게 찾아와서는 안경 쓰기 정말 싫다고 했다.

몇 달 후 대학병원에 근무하는 친구를 만났다. 안경 쓰기를 거부하는 친구 이야기가 나왔다. 그 친구가 의사인 친구에게 찾아와서 안경 쓰기 싫다는 이야기만 하다 갔다고 했다. 의사의 상식으로는 눈 나쁜 사람이 안경 쓰는 것은 당연한데 한사코 안경 쓰는 것을 거부하는 것은 일종의 정신분열증 징후 같다고 했다.

눈이 나쁘면 안경을 쓰든지, 안경 쓰는 것이 불편하면 렌즈를 착용하면 될 텐데 왜 그 친구는 안경 쓰기를 한사코 거부하는 걸까?

광주에 살면서 광주민주화운동 때 정말 못 볼 것이라도 봤단 말인가?

안경 때문에 보아서는 안 될 너무 선명한 광경을 보고 충격을 받았단 말인가? 그 친구가 안경을 쓰지 않겠다는 강박관념에 사로잡혀 있는 이유가 바로 그런 것이었을까?

그 친구는 광주에서 태어나지도 않았다. 오래 살지도 않았다. 최근에야 서울에서 광주로 전근해 왔다. 그렇다면 그는 지금 정말 정신분열증을 앓고 있는 것일까?

아니다. 내가 보기에는 그 친구는 너무 순수해서 안경을 쓰지 않으려고 하는 것 같다. 조금이라도 나쁜 마음의 안경을 아예 쓰고 싶지 않아서 안경 자체를 쓰지 않으려고 하는 것 같다.

모든 것을 한정시키고 감추고, 꾸미는 안경이 싫은 모양이다.

나는 평소에는 안경을 쓰지 않고 다니던 이름 있는 교수가 어느 날 갑자기 안경을 쓰고 TV에 나와서 사람들의 기대를 완전히 저버리는 얘기를 하는 것을 본 적이 있다.

안경 쓴 사람의 눈동자가 어느 방향을 향하고 있는지 우리는 쉽게 분간하기 어렵다. 그만큼 안경은 가식적이기도 하다.

눈 나쁜 사람에게는 안경이 문명의 이기지만 못된 마음의 안경은 우리를 순수하지 못하게 하는 굴레다. 모든 사람이 가식의 안경, 편견과 아집, 독단의 마음의 안경을 벗어야 한다.

나는 안경을 자주 닦는다. 명료하게 보기 위해서 안경을 자주 닦는다.

물리적인 안경의 기능에 집착하고 있다. 이제 더 나가서 못된 마음의 안경, 편견과 아집, 독단을 지워 버리기 위해 노력해야겠다. 선한 마음의 안경을 가지기 위해 마음의 안경을 자주 닦아야겠다.

꽃이 외롭다

꽃이 외롭다.
어울리지 않는 말이다.
사람들은 꽃을 좋아한다.
꽃이 피면 사람들이 모인다.
축제가 열린다.

꽃이 피면 모든 것이 살아난다. 홍매화, 흰 매화, 산수유, 진달래, 목련, 벚꽃이 피면 겨우내 언 땅도 깨어나고, 우리 몸도 생기가 솟는다.

꽃의 계절, 봄인데도 환호할 수 없다.

예년의 봄은 꽃이 피면 즐거웠다.

꽃을 따라 많은 사람이 나들이했다.

꽃을 보면서 감탄했다.

사진 찍고 꽃 곁에서 담소했다. 꽃 축제로 왁자지껄했다.

사람들이 모였다.

꽃이 외롭지 않았다.

지금은 그렇지 못하다. 사회적 거리 두기로 조용히 개인적으로 꽃을 찾아 나서는 사람은 있어도, 많은 사람이 한꺼번에 모이지 않는다.

지금 꽃이 외롭다.

아름다운 모습으로 우리에게 기쁨을 주는 꽃들이 지금은 찾아주는 이가 드물어 외롭다.

우리 정서도 자꾸 메말라 간다. 우리 생활에서 꽃과의 교감, 사람 간의 교류가 자꾸 사라져간다. 꽃이 외롭고, 사람이 외롭다.

카뮈는 소설 페스트에서 오랑(oran)이라는 도시를 중성적이라고 했다. 특징이 없는 이것도 저것도 아닌 도시로 묘사했다. 그 도시에 페스트가 만연했다.

지금 우리의 봄이 너무나 중성적인 것은 아닌지? 활력이 없는 봄은 특징 없는 봄이다.
우리는 지금 이것도 저것도 아닌 봄을 맞고 있다. 아니, 오히려 정서적으로 불안한 봄을 맞고 있다.

봄이 되어서 꽃소식이 여기저기서 들려온다. 그런데 꽃소식이 먼 나라 얘기같이 낯설다.

지난해 비가 뿌리는 봄날, 하얀 목련이 바람에 떨어지는 모습을 보면서 너무 창백하고 안쓰러웠다.
진달래, 개나리는 이미 다지고 풍성한 목련도 비 오는 날 창백하게 떨어져 갔다.

그해 2월 중순에 시작된 코로나 1차 유행으로 사람들은 꽃을 즐길 마음의 여유가 없었다. 사람들이 꽃에 관심을 두지 않는 동안 봄꽃은 외롭게 떨어져 갔다.
진달래, 개나리, 목련이 다 떨어져 갔다.
비 오고 바람 부는 날 떨어지는 목련은 너무 슬펐다.

올해는 괜찮을 줄 알았다.
꽃을 즐길 수 있으리라고 생각했다. 그런데 1년이 지나서도 아직도 맘 놓고 꽃을 즐길 수 없다. 꽃이 외로운 시간이 계속되고 있다.

꽃이 외롭지 않은 시간이 빨리 왔으면 좋겠다.
올해는 꽃이 외롭지 않는 시간이 빨리 왔으면 한다.

올봄은 어쩔 수 없다고 해도, 여름에는 여름꽃을 즐길 수 있으면 좋겠다.

아니 가을이 되어서라도 가을꽃을 즐길 수 있으면 좋겠다. 그것도 아니면 정말 올해가 가기 전 겨울에 피는 꽃이라도 즐거운 마음으로 바라볼 수 있으면 좋겠다.

봄에는 봄꽃이 핀다. 여름에는 여름꽃이 핀다. 가을에는 가을꽃이 핀다. 심지어 겨울에도 피는 꽃이 있다. 꽃은 어느 계절에 피든지 외롭지 않아야 한다.

유독, 이 봄, 꽃을 찾아 나서기가 조심스럽다. 꽃을 맘대로 찾아 나서지 못하니 상실감이 크다.

지난해 목련이 질 때, 이맘때면 꽃이 외롭지 않으리라고 생각했다. 그런데 올봄이 되어서도 꽃이 외롭다.

이제, 제발 모든 것이 제자리로 돌아왔으면 한다.

꽃이 외롭지 않고, 사람들이 외롭지 않는 날이 빨리 왔으면 한다.

꽃이 외롭지 않는 날이 빨리 오기를 기다린다.

햇살에 기대어 바람에 기대어

햇살이 따듯하다.

따뜻한 햇살을 받으면서 호수 둘레로 길게 펼쳐진 데크를 걷는다. 봄, 여름, 가을에는 꽃들이 풍성했던 호수 둘레의 꽃밭이 지금은 텅 비어 있다.

나무들은 잎새를 다 떨어내고 나목으로 춥게 서 있다. 이렇게 겨울은 우리에게서 무엇인가를 앗아간다. 한겨울이다. 참 세월이 빨리 흘러갔다. 봄,여름, 가을이 빨리 지나갔다. 엊그제 새해를 맞았다. 새해를 맞은 지 벌써 며칠 지났다.

지난해는 참 별로 이룬 것 없이 보낸 한 해였다. 올해는 정말 전철을 밟지 말아야겠다. 호수에 잔잔한 바람이 인다. 청둥오리들이 헤엄치며 다닌다.

이런 움직이는 것들이 호수를 텅 비어 있는 것으로 느끼지 않게 만든다. 바람이 호수를 살아있게 만든다.

이런 바람은 우리에게도 필요하다. 모든 감각을 일깨워 주고 살아있게 만들어 주기 때문이다.

모든 생명체에게는 따뜻한 햇살과 감각을 일깨워 주는 바람이 있어야 한다. 햇살과 바람과 어우러지는 삶이 생기를 잃지 않는 삶이다.

햇살에 기대어 바람에 기대어 생기를 잃지 않으면서 아름다운 것들을 사랑하고, 그리워할 것들을 그리워하면서 살고 싶다.
아니 중요한 것들을 생각하면서 살고 싶다.

오늘은 겨울 날씨답지 않게 유난히 따듯하다. 따뜻한 햇살 속에서 나는 감각을 일깨워 주는 바람을 맞으며 생기가 살아나는 기분이다.

새해를 맞아 새로운 다짐을 하자.

이제 너무 바쁘게만, 세속적으로 살지 말자.

올해는 중요한 것들을 생각하고 아름다운 것들을 생각하고 그리워할 것들을 그리워하면서 살아가자. 사람들이 모두 그렇게 살아간다면 우리 사회는 한결 아름다운 사회가 될 것이다.

지난해는 너무나 실망스러운 일들이 많았다. 심하게 말하면 우리 사회의 1%는 좋았다. 99%는 절망과 좌절, 소외 속에서 살았다.

이런 현상이 세계적으로 더욱 심화되었던 한 해였다. 세계적으로 부를 쌓으면서 의무를 지키지 않는 1%에게 “나는 99%에 속하는 사람이다(I am the 99%)”라고 외쳤던 한 해였다.

이제 우리는 이런 문제들을 풀어나가야 한다.

따뜻한 햇살이 고루 많은 사람에게 퍼지게 하고 잔잔한 바람이 많은 사람에게 생기를 불어넣어 주도록 해야 한다.

많은 사람에게 온기를 주는 따듯한 햇살이 필요하다. 우리를 일깨워 주는 바람이 필요하다.
호수를 가만히 흔들어 놓는 바람, 동면의 대지 위에 숨결을 불어넣어 주는 바람.

아! 적당히 생기와 활력을 불어넣어 주는 바람이 필요하다.

누구나 햇살에 기대어 바람에 기대어 자연스럽게 살아갈 수 있는 세상이 되어야 한다.
온기와 포근함을 주는 햇살과 생기와 활력을 불어넣어 주는 잔잔한 바람이 필요하다.

햇살과 바람이 세상을 아름답게 만들 것이다.
아름다운 세상을 만들기 위해 올 한 해 포근한 온기와 잔잔한 바람을 일으키는 사람이 되어야겠다.

햇살에 기대어 바람에 기대어 자연스럽게 살고 싶다.

분리 불안

새벽, 아내 기침 소리가 들린다.

화장실 가려고 방문 여는 소리가 들린다. 마음이 놓인다.

아무 소리도 들리지 않으면 걱정이 앞선다. 살그머니 아내 방문을 연다. 코라도 골면서 자고 있으면 안심이다. 숨 쉬는 소리가 들리지 않으면 아내 가슴을 한참 내려다본다. 약간 움직이는 모습이 보이면 안심하고 내 방으로 온다.

나는 새벽마다 아내가 살아있는가를 확인이라도

하듯 아내를 걱정한다.

65세 정년하고 들어온 날, 아내는 이부자리를 들고 다른 방으로 갔다. 다른 사람들은 벌써 따로 잔다고 하는 데 우리도 이제 편하게 한번 자봅시다 하면서 다른 방으로 갔다.

아내는 도예 공방에 나가 작업한다. 같이 작업하는 사람들한테 따로 잔다는 말을 많이 들은 모양이다. 모두 아내보다 나이가 적다.

나이 더 든 아내는 아직까지 한방에서 자는 것을 무슨 잘못이라도 하고 있는 것으로 생각했나 보다. 정년 하는 날 황혼이혼 하자는 사람도 있다는데 각방 쓰자는 것쯤은 괜찮다고 생각했다.

그런데 혼자 자는 일은 참 힘든 일이었다. 계속 붙어 자면서 익숙해져 있는, 그 익숙함을 버리고 새롭게 혼자 잔다는 것은 너무 허전하고, 무언가 잃어버린 것 같았다.

그런 현상도 시간이 지나면서 차츰 사라졌다. 혼자 자는 것에 익숙해졌다. 그러면 마음이 편해야 할 텐데 그렇지 못했다. 새벽마다 아내를 걱정하게 되었다.

아내는 일주일에 세 번 아침 요가 가고, 하루는 영어회화 공부하러 간다. 그리고 매일 도예공방에 나가 작업한다. 건강하게 잘 지내는 아내를 내가 걱정하기 시작한 것은 내가 아내와 각방 쓰면서부터 아내한테서 떨어져 있는 분리 불안이 생겨서다.

나는 근본이 촌사람이다. 시골에서 태어났다. 시골에서 대부분을 성장해서 시골에서 지내야 편안하다. 시골을 벗어나지 못한다.

대학교 졸업하고 공기업에 취직해서 서울에 올라갔다. 취직하고 바로 아내와 결혼했다. 아내는 시골 중학교 미술교사였다. 나는 인사부장을 찾아가 지사로 내려가겠다고 청해서 시골로 내려왔다.

아내와 함께 살기 위한 목적이 있었지만 내 안에는 항상 시골을 못 떠나는 분리 불안이 있어서 시골로 내려왔다.

시골에서 칠 년 근무했다. 그렇게 한곳에서 너무 오래 근무하게 되면 반드시 다시 서울로 올라가야 한다.

나는 이번에는 아예 직장을 옮겼다.
딸아이 둘이 태어나 한 아이는 초등학교에 다니고 있기도 했지만, 근본적으로 시골을 떠나고 싶지 않아서 시골에 있는 대학교로 옮겼다.

대학교로 옮기기 위해서 오랫동안 많은 준비를 했다. 대학원에 다니면서 공부했다. 대학교로 옮기는 날 새벽, 셋째가 태어났다.

대학교수를 하면서 독일재단의 후원을 받아 독일에서 1년간 연구할 기회가 생겼다. 그때 큰딸이 고3이었다. 그래서 혼자 떠났다. 외국에서 혼자 지낸다는 것은 너무 외로운 일이다.

그때는 인터넷도 없고 휴대폰도 없었던 때였다. 아내를 보고 싶어 전화도 많이 했다. 편지도 많이 썼다. 전화하려면 밤에 한국시간을 가늠해서 공중전화부스에 나가서 전화해야 했다.

아내는 여름방학에 독일에 한 달 동안 와서 함께 지내다가 갔다. 외롭게 지내는 나를 참 많이 위로해 주었다.

큰딸이 미국에 유학 갔을 때, 씩씩하게 떠났던 아이가 향수병에 걸려 거의 밤마다 힘들고 외롭다고 전화해서 잘 달래 주다가 너무 자주 그래서 나는 그러면 그냥 돌아오라고 했다.

사실 그때 그렇게 힘들어하는 큰딸이 안쓰러워서 그냥 귀국해서 편하게 지내는 것이 낫겠다는 생각을 했다. 그랬더니 지금까지 고생한 것은 어떻게 하냐면서 조금 가라앉았다.

그때 큰딸은 가족으로부터 떨어져 있는 것을 견디

지 못했다. 아내는 나와는 달랐다.

직접 미국으로 가서 큰딸을 위로해 주고 안정을 찾도록 해주고 왔다. 그렇게 해서 큰딸은 6년간 미국 유학을 잘 마치고 돌아왔다.

아내는 큰딸한테 갔다 온 후부터 영어회화 공부를 계속한다.

둘째 딸이 대학 졸업 전에 취직이 되어서 출근을 졸업 후로 연기해서 졸업하고 서울로 올라갔다.

둘째는 쉬는 날이면 늘 집에 왔다. 집에 와서 잠만 자다가 올라가면서도 늘 집에 왔다.
서울 생활에 적응하지 못하고 너무 자주 왔다. 둘째도 가족과 떨어져 있는 것에 익숙하지 못했다.

아내는 둘째에게 오피스텔을 얻어 주고 마음 붙이고 서울에서 잘 근무하도록 해주었다. 둘째한테도 자주 올라갔다.

막내가 상의도 없이 갑자기 서울의 디자인대학원에 들어갔을 때, 아내는 작은 아파트 하나를 사주어 전철 타고 다니면서 3년간 학교를 잘 마치게 해주었다.

아내는 막내한테도 자주 올라갔다. 내가 독일에 가 있을 때, 막내는 중 2였다. 내가 전화하면 막내는 독일에 가고 싶다고 칭얼거렸다.
왜 그때는 막내라도 데리고 가 있을 생각을 못 했는지 모르겠다.

아내는 우리 가족 모두가 외로울 때, 그 외로움에서 벗어나 마음의 안정을 찾게 해주었다.

우리 가족 모두의 분리 불안을 극복시켜 주었다. 이제 애들은 모두 잘 성장해서 수도권에서 각자 잘 지내고 있다.

그런데 나는 아직도 아내에 대한 분리 불안으로 새벽마다 아내를 걱정한다. 아니 익숙한 아내로부터 떨어져 있어 분리 불안을 앓고 있다.

5

10월의 공원과 실개천

실개천

"실개천에 발 빠지면 프라이부르크 사람하고 결혼한대요"

독일 프라이부르크(Freiburg)에는 대성당 가는 길, 시청 앞, 백화점 앞에 실개천이 흐른다. 총연장 20km에 달하는 실개천이 시내 곳곳을 흐른다.

베히레(baechle)라 부르는 실개천은 14세기부터 가축에게 물을 주고 더위를 식히고 화재 예방을 위해 만들었다.

실개천은 프라이부르크 사람들에게 아주 친숙한 공간이다. 아주 오래전부터 프라이부르크 사람들은 실개천과 함께 살아왔다.

그런 프라이부르크에서 오래 살다 보면 실개천에 발빠지고 좋은 사람 만나 결혼하게 될 것이다.

시내를 흐르는 실개천은 도시 온도와 습도를 조절해 주고 실개천을 따라 걷는 사람들에게 느림과 여유를 준다.

이 실개천은 프라이부르크의 유명한 상징물이고 관광 상품이다.

28년 전 프라이부르크에서 유명한 실개천을 봤다. 그때 나는 독일 남부의 한 대학원 대학교 방문교수로 머물고 있을 때였다. 프라이부르크 대학교에서 박사과정을 하고 있는 잘 아는 한국 학생이 프라이부르크에 놀러 오라고 해서 주말에 프라이부르크에 갔다 그곳에서 실개천을 처음 만났다.

그때만 해도 우리나라는 어느 도시에도 인공 실개천이 없었다. 프라이부르크에서 처음 보는 실개천은 아주 인상적이었다.

시내 중심가 백화점 앞을 흐르는 실개천을 바라보면서 내가 놀라고 있는데, 함께 시내 구경에 나선 유학생이 들려준 말이 "실개천에 발 빠지면 프라이부르크 사람하고 결혼한다"고 했다.

프라이부르크 실개천은 인근의 아름드리나무들이 너무 울창해서 햇빛이 들지 않아 흑림(黑林, Schwarzwald)이라 부르는 독일에서 가장 큰 삼림지대에서 발원한 드라이 잠(dreisam) 강에서 물을 끌어다 시내 이곳저곳에 흘러가도록 해놓았다.

완전히 자연수 실개천이다. 항상 1급수가 흐른다. 관리용역회사를 두어 항상 깨끗한 수질을 유지한다. 깨끗한 실개천은 도시 전체를 흘러서 다시 드라이 잠 강으로 돌아간다. 철저한 자연 순환이다.

전주 한옥마을에도 실개천이 있다. 6백 년이 넘는 은행나무가 있는 은행로에 폭 50cm 길이 500m 정도의 화강암으로 만들어 놓은 실개천이 있다.

사실 전주시는 15년 전에 쾌적한 환경과 도시 열섬화를 완화하기 위해 한옥마을에 2.4km, 아중지구에 2.5km의 인공 실개천을 만들 계획을 가지고 있었다.

그러나 겨우 은행로에 500m의 실개천만 만들었다. 나는 이 길에 나갈 때마다 그런 실개천이라도 있어 그나마 다행이라고 생각한다.

한옥마을의 중심거리인 은행로는 주말에는 사람들이 너무 많아 서로 어깨를 부딪치며 밀려다닌다.

길 양편에 수많은 상점이 들어서 있다. 길 자체가 하나의 거대한 쇼핑테마파크다. 완전히 디즈니피케이션(Disneyfication) 되어있다.

치즈 꼬치, 문어 꼬치, 닭 꼬치, 핫도그, 찹쌀떡, 꽈

배기, 호떡을 파는 가게들, 초코파이를 파는 가게들, 수많은 핑거 푸드(finger food)가게가 넘쳐난다.

언제부터 전주의 대표 음식이 떡갈비였는지 떡갈비 집들이 많다. 젊은이들은 전동기를 타고 이 거리를 휘젓고 다닌다.

도대체 도시 전체가 국제 슬로시티라는 전주시는 한옥마을에서조차 느림의 여유를 누릴 수 없다.

유네스코 음식창의도시라는 전주는 한옥마을에서조차 핑거 푸드와 인스턴트 음식이 넘쳐난다.

이런 한옥마을에 실개천이라도 없었으면 얼마나 삭막했겠는가? 길지 않은 실개천, 그런 물길이라도 있어 참 다행이다. 한옥마을 실개천은 겨울 한 철을 빼놓고 늘 지하수를 끌어올린 물이 졸졸 흐른다.

독일의 환경 수도, 실개천의 원류 도시, 프라이부르크에 비하면 너무 턱없이 길이가 짧지만 이 실개천을 따라 걷다 보면 느림의 여유를 누릴 수 있다. 숨통이 트인다.

한옥마을에는 느림의 여유가 있어야 한다. 더 많은 느림의 여유를 누리기 위해서 한옥마을 전체에 실개천이 흘렀으면 좋겠다.

2~3㎞면 충분하다. 태조로, 은행로, 동문로, 천변동로, 경기전길, 향교길 등 한옥마을의 큰길을 모두 합쳐도 2~3㎞에 지나지 않기 때문이다. 그 길이만큼 실개천을 만들면 된다.

아니 아예, 프라이부르크처럼 전주시내 이곳저곳에 실개천이 흐르도록 했으면 좋겠다.

그것이 전주시가 전통문화 도시, 국제 슬로시티, 유네스코 음식창의도시의 특색을 살리는 길일 것 같다.

전주가 느림의 여유를 누릴 수 있는 도시가 되어

누구든지 전주에 와서 실개천을 따라 천천히 걸을 수 있으면 얼마나 좋을까!

무언가를 생각하면서 걸을 수 있는 길, 여기저기 실개천이 흐르는 길이 전주의 상징물이 되면 전주는 더 아름다운 도시가 될 것이다.

괴테는 "모든 위대한 생각은 걷기에서 나온다"고 했다. 전주 여기저기에 실개천이 흐르면 전주 사람이나 외지에서 관광온 사람들이 실개천을 따라 걸으며 느림의 여유를 누리고 위대한 생각을 할 수 있을 것이다.

실개천을 전주의 훌륭한 상징물과 관광 상품으로 만들었으면 좋겠다.

요새 전주시는 도시 열섬화를 완화하기 위해 천만 그루 나무심기운동을 하고 있다. 가든 시티(garden city)를 만든다고 한다.

물론 나무는 도시 열섬화 완화에 많은 도움을 준다. 물도 많은 도움을 준다. 이미 세계 여러 도시가 물을 이용한 도시 열섬화를 완화시키는 방법을 사용하고 있다.

실개천을 많이 만들면 도시 열섬화 현상은 훨씬 완화될 것이다.

내가 사랑하는 전주. 환경 수도 독일 프라이부르크처럼 시내 이곳저곳에 실개천이 흘렀으면 좋겠다.

그런 실개천을 따라 걷고 싶다.
느림의 여유를 누리고 싶다.

실개천에 발 빠져 전주사람하고 결혼하는 사람들이 많이 나타났으면 좋겠다.

신선한 공기

일요일 아침 늦잠에 푹 빠져 있었다.

아내가 아침 식사를 재촉하는데 나는 한 주의 피곤을 한꺼번에 풀어버릴 양으로 늦잠에 빠져 일어나지 않았다.

한 주의 피곤을 풀고 또 새로 시작할 한 주를 대비하기 위한 기력을 축적할 기회로 일요일 아침의 늦잠을 늘 소중히 여기는 나는 정말 특별한 일이 없으면 일요일은 늦게까지 자리에서 일어나지 않는다.

그런데 오늘 아침은 더 이상 잠자리에 누워 있을

수 없었다. 물론 아침 식사 시간을 넘겼으니 적게 잔 것도 아니다.

어젯밤 늦게까지 원고 쓰느라 잠이 부족해 더 자야 하는데 도저히 그럴 수가 없었다.

특별한 일이 생겼다.

국민학교 삼 학년생 딸아이가 내 방으로 건너와서 잠결의 나한테 충격을 던졌다.

"아빠. 아직 안 일어나셨구나. 신선한 공기나 맡으러 나가야겠다."

혼잣말로 흘리고 가는 말이 어찌나 내게 신선한 충격을 주었던지 나는 도저히 더 이상 자리에 누워 있을 수 없었다.

나는 후다닥 자리를 털고 일어났다.

일요일, 쉬는 날이라 모처럼 아빠하고 놀려고 내 방으로 건너왔는데, 방바닥에 아무렇게나 널려 있는 원고지 파지들, 나뒹구는 책들을 바라보면서 어린것은 가슴이 갑갑했을 것이다.

거기다 아빠는 게으름을 피우면서 해가 중천에 걸렸는데 일어나지 않고 있었으니 얼마나 숨이 막혔을까. 실망스런 마음으로 갑갑한 가슴을 틔우기 위해 신선한 공기를 맡으러 밖으로 나간 것이다.

나는 창문을 활짝 열고 주섬주섬 파지들을 줍고 방을 쓸어냈다.

창문 가득 신선한 공기가 밀려들었다.

진즉, 이렇게 해왔으면 어린것이 내 방에 건너와 실망하지 않고 가슴 갑갑해하지 않았을 것이다. 정말 나는 그동안 조금의 노력도 기울이지 않았다.

세상을 살다 보면 누구나 내 딸애처럼 너무도 가슴 갑갑할 때가 많을 것이다.

나도 가끔 가슴이 갑갑할 때가 많다. 그럴 때면 산

으로 가고 싶다. 산에는 우리가 사는 사회와는 순도가 다른 공기가 충만하다.

언젠가 모처럼 새벽 산에 올랐다. 거기엔 아직 한 사람도 숨쉬지 않은 신선한 공기가 가득했다. 숲에서 자리를 털고 일어나는 바람이 청량했다. 꼭 새벽 산이 아니어도 산에 가면 가슴이 탁 트인다.

일상에서 숨막히고 속상한 일을 당해서 가슴이 갑갑해지면 산에 오르는 것같이 좋은 처방은 없다. 산에서는 신선한 공기를 맡을 수 있다. 가슴이 탁 트인다.

우리사회에는 신선한 공기가 있어야 한다. 신선한 공기는 우리를 상쾌하게 만들어준다.

우리 서로 사소한 이익에 사로잡히는 옹졸을 뛰어넘고 질시와 매도를 버리고 건전하게 살아가야 한다. 그러면 우리 사회에 신선한 공기가 가득할 것이다. 항상 산처럼 순도 높은 공기가 우리 사회에 가득했으면 좋겠다.

밖에 나갔다가 한참 만에 돌아온 딸아이가 아직도 내가 자는지 엿보기라도 하려는 듯 살며시 내 방문을 밀고 들어선다.

"아빠, 일어나셨구나."

얼굴빛이 금세 환해진다. 조금만 노력하면 저렇게 어린것한테도 환한 얼굴을 만들어줄 수 있는데, 나는 너무 오랫동안 게을렀다. 이제 주변을 늘 깨끗이 정돈하고 항상 정신적으로도 건전해져서 내 둘레에 신선한 공기가 머물도록 해야겠다.

나는 오늘 딸아이가 던진 신선한 공기라는 말로 내 자신과 세상일에 대해 깊이 생각해보게 되었다. 신선한 공기를 발산하면서 살아가야겠다.

오늘은 딸아이와 함께 주변의 야산에라도 올라야겠다. 산에 가서 신선한 공기를 흠뻑 마셔와 내 주변, 내 집 안에 신선한 공기가 가득하도록 해야겠다.

"첫째야! 우리 신선한 공기 맡으러 산으로 가자!"

이팝꽃 길

이팝꽃은 작다.

작지만 뭉치면 흰 눈송이를 이룬다.

봄에 하얀 눈송이를 이고 있는 이팝나무 가로수 아래를 걸으면 마음이 정갈해진다. 눈송이 같은 하얀 이팝꽃 때문이다.

봄이면 이팝꽃으로 유명한 곳이 많다. 전주 팔복동 공단에는 이팝꽃으로 우거진 터널이 있다. 그 터널 속으로 철길이 놓여 있다.
하루에 두 번씩 빨간색 화물 기차가 다닌다. 공장 간 화물을 실어 나른다.

그 터널에 가면 하얀 이팝꽃들이 바람에 손을 흔든다. 빨간 기차를 타고 어디론가 떠나보라고 한다.

이때쯤 나는 지리산 아래 카페 이팝에 가고 싶다. 7년 전 산청 한방약초축제에 갔다가 들른 곳이다. 전날 밤늦게 도착해 산 아래 펜션에서 아침 늦게까지 자고 카페 이팝에 가서 넓은 창으로 청명한 가을 풍광 속에서 그림같이 다가서는 지리산 천왕봉을 올려다보면서 갓 구운 토스트와 커피로 가을 아침 지리산 아래의 한기를 밀어냈다.

이팝나무 줄기와 가지를 단순하게 그려놓고 그 밑에 작은 글씨로 "카페 이팝"이라 써놓은 조그마한 표지판이 외벽에 붙어 있는 크지 않은 카페 이팝은 참 정겨웠다.

게 다리 모양의 천장 등에 포도가 그려진 도자기 천장 등갓, 창가의 크고 작은 화분, 긴 탁자와 깔끔한 의자, 벽에 걸린 오래된 벽시계, 장식장 안 장식용 술병, 그림이 그려져 있는 접시 몇 개, 그리고 꽃병에

꽂힌 노란빛과 빨간색이 잘 섞인 장미 다발.

나는 넓은 창가에 앉아서 꽃 그림이 그려진 커피잔으로 커피를 마시면서 베란다 넘어 도로 양쪽에 줄지어 서 있는 이팝나무를 바라봤다.

그때는 가을이 무르익는 10월, 물론 이팝꽃은 없었다. 그러나 내년 봄에는 눈꽃처럼 하얗게 피는 이팝꽃이 얼마나 아름답겠는가. 내년 봄에 꼭 와봐야겠다.

그 가을 동의보감촌에서 열리는 한방약초축제에서 허준 길을 걷고, 약초 족욕하고, 한방약재관을 관람하면서 시간을 보냈다.

그러나 한방약초축제보다는 지금도 나는 카페 이팝만 생각난다.

지금쯤 카페 옆 도로 이팝나무들은 하얀 이팝꽃을 실지게 피워내고 있을 것이다.

벌써 그곳에 간 지가 7년이 지났다. 그런데 지금까지 다시 한 번 가지 못했다.

가을 아침 카페에서 갓 구운 토스트와 커피로 지리산 아래 한기를 같이 밀어냈던 친구와 함께 다시 한 번 그곳에 가고 싶다.

우리는 7년 전에 다음 해 봄에 같이 오자고 했다. 그런데 그 친구는 서울 살고 나는 시골 살기 때문에 서로 만나지도 못하고 지리산 아래까지는 멀기도 해서 지금까지 다시 가지 못했다.

지금 지리산 천왕봉 아래 카페 이팝에 가면 넓은 창가에 앉아서 하얗게 눈송이를 이고 있는 이팝나무들을 바라볼 수 있을 것이다.

저녁나절에 베란다에 앉아 지리산을 타고 내려오는 저녁노을과 가로등 불빛 속에서 흰 눈꽃처럼 빛나는 이팝꽃을 바라볼 수 있을 것이다.

눈송이 같은 하얀 꽃을 이고 있는 이팝나무 아래를 천천히 걷고 싶다.

이 봄 이팝꽃이 지기 전에 그 친구에게 오랜만에 연락 한번 해야겠다.

올해는 정말 오랜만에 우리 시간 내서 지리산 아래 이팝꽃 길을 함께 걸어보자.

아주 값진 선물

큰딸이 발리 여행할 때 마른 풀잎으로 만든 모자를 사주었다.

우리 가족이 발리에서 거리 구경에 나서 기념품 가게에 들어가 이것저것 구경할 때, 큰딸이 아빠 모자 안 쓰고 와서 더우니까 모자를 써야 한다며 마른 풀잎으로 만든 모자를 사주었다.

그 모자는 값은 쌌지만, 햇볕을 잘 가려주고 내게 잘 어울렸다. 발리 여행에서 돌아와 나는 그 모자를 자주 쓰고 다녔다.

요즘은 겨울이라 쓰고 다니지 않지만 봄, 여름, 가을, 그 모자를 자주 쓰고 다녔다.

큰딸이 사준 것이라 애착이 가고, 잘 어울리기도 해서 자주 쓰고 다녔다. 그 모자를 쓰고 사진도 많이 찍고 모임에 나갈 때도 자주 쓰고 나갔다. 그럴 때마다 사람들이 참 멋지다고 했다.

큰딸아이가 사준 사소한 모자 하나가 나를 기쁘게 하고 행복하게 해주었다. 큰딸이 미리 생각해서 사준 것은 아니었지만 그 모자에는 큰딸의 따뜻한 배려가 담겨있다.

선물은 누구에게나 행복을 안겨 준다. 값이 나가고 아니고를 떠나서 기쁨을 안겨 준다. 더욱이 소중한 사람한테 받은 선물은 더욱 그렇다. 서로 정성이 담긴 선물을 주고받는 것은 참 아름다운 일이다.

큰 딸아이는 국민학교 1학년 때 선물 때문에 아주 황당한 일을 겪었다.

큰딸아이는 어려서부터 그림을 잘 그렸다. 엄마가 화가여서 은연중에 그림 솜씨를 물려받아 그런지 그림을 잘 그렸다.

큰딸아이는 그런 그림 실력 때문에 황당한 일을 당했다. 나도 황당하기는 마찬가지였다. 그때만 해도 스승의 날에는 선생님께 촌지를 주던 때였다.

나는 스승의 날 선물은 순수해야 한다고 생각하고 큰딸아이한테 "너 그림 잘 그리니 선생님 그려서 액자 만들어서 선생님께 스승의 날 선물하면 좋겠다" 라고 했다.

어린 딸은 내가 그렇게 말하니까 크레용으로 선생님의 얼굴을 열심히 그렸다. 매일 보는 선생님의 얼굴을 떠올려서 아주 멋지게 그렸다. 어린아이의 동심이 담겨있었다.

큰딸이 열심히 그린 선생님 얼굴 그림을 엄마가 화방에 가서 액자로 만들어 가져왔다. 스승의 날 큰 딸아이는 그 멋진 그림을 선생님에게 전달하기 위해 들고 갔다.

선생님이 감동할 줄 알았다. 그게 아니었다. 하굣길에 큰딸아이가 그 그림을 다시 들고 왔다.

"왜 들고 오냐?"

"선생님이 돌려주었어"

"나한테는 이 그림이 필요 없구나."하고 돌려주었다고 했다.

"야! 그림 아주 멋지구나. 고맙다" 하고 받아 주었으면 얼마나 좋았을까.

나는 아주 황당했다. 그 선생님은 우리에게 다른 것을 기대하고 있었던 모양이다. 큰딸아이는 그때 어떤 마음이었을까?

어려서 아무것도 몰랐을까?

그 후부터 큰딸아이가 그림을 열심히 그리는 것을 보지 못했다.

큰딸은 학교가 올라가면 올라갈수록 수학, 물리, 화학을 좋아하더니 미국까지 가서 공학박사를 하고 왔다.

아주 주도면밀한 이공계 출신이 되어서 돌아왔다. 그 주도면밀한 큰딸이 이번 우리 가족의 발리 여행을 총지휘한다. 빈틈이 없다.

오늘은 바다에 나가서 요트를 타면서 하루를 보내기로 했다.
푸른 바다를 항해하면서 가족끼리 단란하게 이야기 나누고 일광욕하고 스노클링하고 맛있는 음식 먹고, 섬에 올라가 구경하면서 하루를 보내기로 했다.

발리의 시원한 바닷바람을 맞으면서 우리는 멋진 하루를 보낼 계획이었다.

그런데 요트타기로 한 날, 아침부터 비가 쏟아졌다. 바람도 불었다. 요트 운항사에서 요트를 운항할 수 없다는 연락이 왔다.

그렇게 해서 발리로 떠날 때부터 큰딸이 중요하게 계획을 잡아두었던 요트타기는 무산되었다.
발리 여행의 백미가 무산되었다.
큰딸이 맘먹고 준비한 스케줄이 날씨 때문에 실행에 옮길 수 없게 되었다.

우리 가족이 발리로 여행 간 기간은 우기여서 하루에도 몇 번씩 소나기가 쏟아졌다. 좍 쏟아졌다가 멈추고 또 좍 쏟아졌다 멈추었다. 시원해서 좋긴 했다.

요트타기는 못 했어도 우리 가족은 발리 이곳저곳을 돌아다녔다. 해변으로 사원으로 맛있는 음식점으로 4박 5일 동안 많이 돌아다녔다.

나는 편하게 패키지여행을 하자고 했는데 딸들은 자유여행을 해야 한다고 하면서 큰딸이 잡아둔 스케줄대로 움직였다.

이번 발리 여행은 내 정년 기념 여행이다. 65세 정년을 한 그해 여름 세 딸이 나를 위한 발리 여행을 준

비했다. 내게 큰 선물을 주었다.
물론 우리 부부도 일부의 경비는 부담했다.

세 딸과 함께 여행을 왔다는 자체가 나에게는 큰 행복이고 선물이었다.

우리는 저녁노을을 감상하면서 꾸따(Kuta)해변을 걷고, 짐바란(Jimbaran) 바닷가에서 바닷가재로 저녁 식사를 하면서 오순도순 이야기를 나누었다.

호텔 수영장에서 한나절을 보내기도 했다.

유명한 루왁(luwak)커피를 마셨다.
루왁 커피는 사향고양이가 잘 익은 커피 열매를 따 먹고 과육은 소화시키고 배설한 씨를 모아서 만든 커피다.
사향고양이 몸속에 있는 효소를 통해 발효된 상태로 배설된 원두가 특유의 맛과 향을 가지고 있어 세상에서 가장 비싼 커피 중 하나다.

우리 가족 다섯은 어울려 다니면서 발리에서 참 행복한 시간을 보냈다.

그렇게 여행하면서 나는 세 딸 자체가 내게 큰 선물이라는 것을 깨달았다.

나는 딸아이들이 어렸을 때 그 아이들한테 어떤 선물을 해주었던가를 생각해 봤다. 아주 정성 어린 작은 선물이라도 챙겨주었는지?
아니면 따뜻한 배려와 대화로 아이들이 갖고 있던 문제를 함께 해결해 주려고 노력했는지?
별로 기억이 없다.

이제 와 잘 커서 직장생활 충실히 하는 세 딸을 내 멋대로 내게 행복을 주는 큰 선물이라고 생각하는지 모르겠다. 그래도 나는 좋다. 아이들과 함께하니 행복하다.

오늘은 겨울 날씨답지 않게 햇볕이 따뜻하게 내리쬔다. 산책하러 가야겠다. 아주 값진 선물 큰딸이 사 준 모자를 쓰고 나가야겠다.

10월의 공원

10월의 공원에 가을이 물든다.

집 근처 크지 않은 공원의 아름드리나무들이 갈색 이파리를 떨구고 있다.

공원의 작은 화단에 작은 키 꽃들이 피어있다. 하양, 보라색 꽃들이 피어있다. 혼자와 있는 독일 생활이 외로워 집 근처 공원에 자주 나간다.

독일 남부의 인구 5만의 작은 도시 슈파이어(Speyer), 2,000년이 넘는 역사를 지닌 고색창연한 도시가 내가 머무는 곳이다.

시냇물에서 청둥오리들이 헤엄친다. 새들이 날아다니다가 전신주에 머리를 받히기도 한다. 내가 나가는 대학원 대학교 캠퍼스에는 큰 나무뿌리 밑에 굴을 파고 들랑거리며 사는 토끼들이 있다.

이 아름다운 도시는 너무나 아름다워 외로운 사람을 더 외롭게 만든다.

지금 가을빛으로 물들고 있는 공원을 지나 대성당으로 간다. 슈파이어 대성당은 독일에서 규모가 가장 큰 로마네스크 건축양식 성당이다.
1981년 세계문화유산으로 지정되었다.
대성당은 라인강가 숲 속에 자리 잡고 있어 그 자체가 그림이다.

오늘 밤 대성당에서 러시아에서 가장 오래된 세계 정상급 상트페테르부르크 필하모닉 오케스트라 초청 연주회가 있다.

며칠 전 시내에 나갔다가 예매해 둔 입장권을 가지

고 나는 연주회에 가기 위해서 집 근처 공원을 가로질러 간다.

10월은 독일에서도 문화의 달이다.

작은 도시 슈파이어에서도 여러 가지 문화행사가 열린다. 상트페테르부르크 필하모닉 오케스트라 초청 연주회도 그중 하나다.

넓고 웅장한 대성당에 사람이 가득하다. 많은 사람이 조용히 앉아서 연주를 기다린다.

대성당에서 오케스트라 연주회가 열린다는 것이 의외다.
작은 도시라 큰 음악당이 없어서 대성당에서 연주회가 열리는가?
대성당이 주최해서 대성당에서 열리는가?

대성당 안 여기저기에 집음 시설을 세워놓고 연주회를 여는 것이 아주 인상적이다. 우리와는 달리 종교시설을 이렇게 개방하는데 놀랐다.

백발의 지휘자가 지휘를 시작한다. 성긴 백발을 휘날리는 뒷모습이 멋지다.
100명은 되는 단원들의 연주가 고색창연한 대성당 안에서 조용하면서도 장엄하게 때로는 격정적으로 흐른다.

차이콥스키 교향곡 5번, 중저음으로 잔잔하게 시작한 교향곡이 점점 음역을 키우면서 격정적으로 용솟음치다가 왈츠 선율로 서정적인 전원풍경 속으로 빠져들게 한다.

대성당은 훌륭한 음악당이다.
전용 음악당과는 달리 경건한 분위기가 넘친다.
천연색 스테인드글라스에 부딪히는 선율이 열 길도 넘는 대성당 안 여러 개 기둥 사이를 흐른다.

단원들의 연주 에너지가 온몸에 와 닿는다. 음악의 심연에 빠져든다.
레퍼토리(repertory) 차이콥스키 교향곡 5번 연주가 끝나고 풍채 좋은 소프라노가 등장한다.

높고 고운 음성으로 슈베르트의 아베마리아를 부른다.

> 아베 마리아, 자비로우신 마리아 님
> 이 소녀의 기도를 들어 주소서
> 당신은 이 험한 세상의 기도를 들어 주시고,
> 고통 가운데 우리를 구해 주십니다.
> 아베마리아, 아베마리아.

오늘 밤 연주는 감동이었다.

음악의 심연에서 빠져나와 대성당을 나서니 대성당을 둘러싸고 있는 숲으로 우거진 공원에서 낙엽이 바람에 쓸려간다.

이 공원에는 슈베르트의 흉상이 있다. 공원 숲속에서 아까 대성당에서 소프라노가 불렀던 슈베르트의 아베마리아가 들려오는 것 같다.

나는 오늘 밤 가을에 물들었다.

음악에 젖었다. 맥주 한잔해야겠다.

길 건너 맥줏집 돔 호프(Dom Hof)로 간다.

사람이 많다. 구석에 오크통을 뒤집어 세워놓은 서서 마시는 구석 자리 하나 찾았다. 흑맥주 한 잔 시켰다.

내 앞에는 미리 온 중년의 독일 남자가 서서 맥주를 마시고 있다. 우리는 인사를 나누었다. 어디서 왔느냐? 무얼 하느냐? 흔히 처음 만나는 사람들이 하는 대화를 나누었다.

그는 변호사였다. 오늘 여러 고객을 만났다며 피로를 풀려고 맥줏집에 왔다고 한다. 500cc 한잔을 마시고 다시 또 한 잔 시킨다. 그가 술기운이 적당히 올라와 기분이 좋아진 상태에서 2주 후 와인 집에서 만나자고 한다. 그때 부인과 함께 오겠다면서 나를 초대한다.

이곳 사람들은 자기가 마실 술은 자기가 사고, 약속은 보통 여유 있게 2주 후로 잡는다. 그리고 늘 부부가 함께 붙어 다닌다. 아까 대성당 연주회에도 대부분 부부가 함께 왔다.

나도 함께 다닐 사람이 있으면 좋을 텐데 여기서는 혼자니 그럴 수 없다.
혼자 지낸다는 것은 이런 불편함이 있다. 더 힘든 것은 외로움이다. 가을은 더 외롭다. 나는 오늘 밤 외로움을 덜어내기 위해 연주회에 갔다.

가을이 물드는 공원을 지나서 대성당 연주회에 갔다가 맥줏집에 들러 흑맥주 한잔하고 2주 후 와인집에서 변호사와 만나기로 약속하고, 10월의 공원을 가로질러 집으로 돌아간다.

하늘에서 달빛이 쏟아진다. 가을이 물들고 있는 10월의 공원이 너무 아름답다. 둥근달 속에 그리운 얼굴이 떠 있다.

박 외 에세이
태엽 감는 수동식 손목시계는 기억한다

인쇄일 | 2022년 11월 10일
발행일 | 2022년 11월 15일

지은이 | 박 외
그림,스케치 | 임복례
발행인 | 채명희
발행처 | 가온미디어
전주시 완산구 충경로 32
Tel_063)274-6226
ok.0056@hanmail.net
출판등록 | 제2020-000029호
인쇄처 | 대흥정판사
Tel_063)254-0056

값12,000원

ISBN 979-11-91226-15-7

이 책은 (재)전북문화관광재단 2022년 지역문화예술지원사업에
선정되어 보조금을 지원받아 발간되었습니다.